中国古典神魔小说

〔清〕烟霞散人　云中道人　著

河海大学出版社
HOHAI UNIVERSITY PRESS
·南京·

图书在版编目（CIP）数据

钟馗全传 /（清）烟霞散人，（清）云中道人著. 南京：河海大学出版社，2025.6. --（中国古典神魔小说）. -- ISBN 978-7-5630-9605-3

Ⅰ．I242.4

中国国家版本馆 CIP 数据核字第 2025P7U313 号

丛 书 名／中国古典神魔小说
书 　 名／钟馗全传
　　　　　ZHONGKUI QUANZHUAN
书 　 号／ISBN 978-7-5630-9605-3
丛书策划／未来趋势
责任编辑／汤思语　朱梦楠　夏无双
特约校对／杨　荻
装帧设计／未来趋势
出版发行／河海大学出版社
地 　 址／南京市西康路 1 号（邮编：210098）
电 　 话／（025）83737852（总编室）
　　　　　（025）83722833（营销部）
经 　 销／全国新华书店
印 　 刷／三河市元兴印务有限公司
开 　 本／880 毫米×1230 毫米　1/32
印 　 张／5.75
字 　 数／136 千字
版 　 次／2025 年 6 月第 1 版
印 　 次／2025 年 6 月第 1 次印刷
定 　 价／59.80 元

前言

《钟馗全传》清代神魔小说，分为《斩鬼传》和《平鬼传》两部。《斩鬼传》又名《钟馗斩鬼传》《说唐平鬼传》《第九才子书》等，成书于清康熙年间，共四卷十回。小说的作者刘璋，字于堂，号介符，别号烟霞散人、樵云山人，今山西太原人，清康熙年间举人，曾任深泽县令，所著小说还有《鸳鸯影》《凤凰池》《巧联珠》等。

《平鬼传》又名《钟馗平鬼传》《唐钟馗平鬼传》等，成书于清乾隆年间，共八卷十六回。

《钟馗全传》的主要内容是：唐代时，钟馗因相貌丑陋，不被重用，碰死金殿，冤魂蒙玉帝之命委查冥司，遍历九大地狱，会见十殿阎王，诛戮山魈，收捉蝙蝠等。后又被阎君封为"平鬼大元帅"，赴万人县平除阴间众鬼，大获全胜后班师归地府，被玉帝册封为神。

钟馗是一个家喻户晓的传说人物。钟馗这个角色与一般的传说人物不同，他是活人死后变成的大鬼，其主要是以鬼的面目出现，斩鬼除妖、惩恶扬善、驱疫逐鬼、护佑人间平安。钟馗又与一般的传说人物有相同之处，其形象虽然是鬼，实则是人、是神，不仅有人的七情六欲，所做的事也是人间的事。作为亦鬼亦人亦神的形象，在中国众多的民间传说人物中，钟馗实在是独一无二。《钟馗全传》作者在民间传说基础上，从社会生活中存在的丑恶现象中攫取一些典型事例，添加大量情节，敷衍成篇。钟馗手执玉皇赐予的剑与笔，诛邪魅、记善恶，是钟馗形象、也是钟馗传说的一大衍变。

《钟馗全传》借写鬼域来画人世，实际上亦是一部讽刺小说。小说继承发展了传统的讽刺艺术，对众鬼形象的塑造更独具匠心。小说在钟馗之外，又假托塑造了咸渊（含冤）和富曲（负屈）两鬼卒随从，游历各地，诛杀人间鬼魅，铲除社会不平，抒发作者的抱负。可见，此书旨在"诛杀"现实社会上的一切人间鬼魅，讽刺面扩展到了整个社会，种种陋习弊端、各色各样人物，都成为书中的讽刺对象，对后来的讽刺、谴责小说有着积极影响。

　　《钟馗全传》在中国普通老百姓中的影响很大，因为不识字的百姓们也常常能够从别人的述说中得其精髓，辗转口传，从而使情节本来很是简单的钟馗传说，逐渐丰富起来。小说创作和出版的时代，距我们生活的时代较近，又包含了奈何桥小鬼化蝙蝠、献美酒五鬼闹钟馗、烟花寨智请白眉神等斩杀各种鬼祟的故事，读起来引人入胜。

　　此次再版，我们对原书中的笔误、缺漏和难解字词进行了更正、校勘和释义，对原书缺字的地方用"□"表示了出来，以方便读者阅读。由于时间仓促，水平有限，其中难免有所疏失，望专家和读者予以指正。

编者
2024 年 11 月

篇目目录

钟馗斩鬼传　　　　　001

钟馗平鬼传　　　　　105

钟馗斩鬼传

【清】烟霞散人 著

序

昔阮胆作鬼论而求辨之，今烟霞散人著此鬼传，独不惧鬼来与之为敌乎？然而无惧也。《无鬼论》论已死之人，《斩鬼传》传未死之鬼。夫人而既名之曰鬼矣，则必阴柔之气多，阳刚之气少。聆其当斩之条例，思其被斩之因由，畏念起而悔心生，方且退阻避藏之不遑，尚敢与之为敌乎？是无论当斩之与否，使其果斩之也，已无此等鬼矣。无之而谁与敌乎？即未必斩之也，而斩既有传，则其魂已丧，其胆已寒，又何虞其敌？或者曰：鬼未必可概论。如昔鲁公谈说，而一鬼来听。喝曰："汝为人去罢。"其鬼答之曰："做鬼令经春秋也，无烦恼也。无愁禅师劝我为人去，只恐为人不到头。"此鬼之安于鬼者也。宋列伯龙历任九卿、郡守，而贫困尤甚，其廉止可知也。一旦思营什一之利，不可谓非易。厥初操也，适有一鬼在旁，鼓掌大笑，伯龙因之而止。此鬼之化人贪心者也。若此之鬼，方礼之敬之不暇，而迁敢曰斩乎哉？予曰：此真鬼也。若者人而鬼矣，未鬼而人其尚假，不尽人道而趋鬼途也，已非人也，焉得与安己分、化人贪之真鬼比？实是斩绝此等，始见清平世界。《传》中剿抚并用，犹为网开一面，不凡又增一等侥幸鬼，遗一等漏网鬼乎？不知天地之气，春温秋肃；帝王之治，德感刑威。人趋于鬼，鬼复化为人。鬼而人也，宁得仍目为鬼？人而鬼者乎？昔有为君而呼宫中阉寺为鬼者，赵曰赵鬼，李曰李鬼。余以为此等鬼更利害，其阴险惨毒甚于鸩、漏脯，有明之魏忠贤，尤其明征也。贼害忠良，破坏宇宙，凌迟不足以尽其辜。但贬守望陵，死后阴曹收入十八层狱中，与十帝侍、刘瑾等同完割根鬼之数,永不放出,使钟馗飞斩而不可得。是阴曹之护短也,亦无不可。

瓮山逸士题于兼修堂

自叙

余曩不解明王为佛何如，但见其三头六臂，身缠毒蛇，怪状奇形，不敢正视。问老僧曰："此何神也？"老僧曰："佛也，非神也。"余不禁哑然笑曰："此岂有如是之佛乎？吾闻佛以慈悲为本，意必垂眉落眼，善气迎人，使天下可亲可爱，不欲令人畏而恶之也。若以此为佛，则诸魔恶鬼皆得以佛名之矣。"老僧曰："若独不观王者乎？王者礼乐政刑之设，礼乐所以绳天下之善人，政刑所以惩天下之恶人也。然究之，绳善人者是一副大慈悲心，即惩恶人者，亦是一副大慈悲心。知乎此，而垂眉落眼者佛也，即三头六臂者，亦佛也。子何以为非佛耶？"余不禁绎然思、恍然悟，曰："是矣。但善者独非王政之所得尽绳，恶者亦非王政之所得尽惩也。彼夫天下之大，四海之广，为盗、为奸、为其显然不善者，或徒或流，或绞或斩，王法得以惩之也。若捣大、诓骗、仔细、龌龊、风流、糟腐甚至好酒贪色等事，王法亦得以惩之乎？"老僧曰："此固非善，亦非不善者也，奈何以王法绳之乎？"余曰："子以为非不善，抑恶在其为善者乎？且夫王者之治天下也，在维其风俗耳。然捣大之风倡，而人无诚实；诓骗之风倡，而人多诈伪；仔细、龌龊之风倡，而骨肉寡恩。夫人而至于无实，至于诈伪，至于骨肉寡恩，尚得以为善乎？即如风流、糟腐、好酒、贪色未可以为不善也，似也。然风流也，而玷污名教；糟腐也，而泥滞鲜通；好酒贪色也，而败坏威仪，淫乱风俗也，尚得以为善乎？"

夫人之所以为人者，善耳；人而至于不善，则人也，而实鬼也。夫人也，而可以鬼乎哉？人而既为鬼，则又安忍坐视而不思，所以超度之哉。故作此传者，亦是一副大慈悲心，行慈悲事，盖以继王政之所不及，而学明王佛之使人知所畏而为善也。弟存其心也，而不能操其权，故其事假之钟馗，而其功归于咸、富。乃不知者，咸疑余以骂世也，予敢以质诸天。

辛巳仲冬夏烟霞散人题于清溪草堂

昔人有问画师曰："天下何物易画？"画师曰："莫如鬼。"人曰："鬼无形者，何以易画？"画师曰："正惟无形，所以易画耳。"且夫天下之物，莫不有形也，莫不欲肖其形。苟有一之不肖，不可以为画矣。若夫鬼，则无形者也，增之不见其长，减之不见其短，任意率笔，通无考证，此其所以易画也。然则余之为是传也，亦姑取其易也云尔。

烟霞散人再识

目录

第一回　金銮殿求荣得祸　酆都城舍鬼谈人……………009

第二回　诉根由两神共愤　逞豪强三鬼齐诣……………017

第三回　咸司马计救旱西施　富先锋箭射涎脸鬼…………028

第四回　因齷齪同心访奇士　为仔细彼此结冤家…………039

第五回　忘父仇偏成莫逆　求官做反失家私……………049

第六回　诓骗人反被人抠掏　丢谎鬼却教鬼偷尸…………060

第七回　对芳樽两人赏明月　献美酒五鬼闹钟馗…………069

第八回　悟空庵懒诛黑眼鬼　烟花寨智请白眉神…………079

第九回　喜好色潜移三地　爱贪杯谬引群仙……………088

第十回　妖气净愣睁归地狱　功行满钟老上天堂…………096

第一回

金銮殿求荣得祸　　酆都城舍鬼谈人

世事浇漓[1]奈若何，千般变态出心窝；只知阴府皆魂魄，不道人间鬼魅多！闲题笔，漫咨嗟，焉能个个不生魔？若教改尽妖邪状，常把青锋石上磨。

这首词单道人之初生，同秉三才，共赋五行，何尝有甚分别处？及至受生之后，习于世俗，囿[2]于气质，遂觉迥然各别。好逗才的，流于轻薄。好老实的，习于迂腐。更有悭吝[3]的，半文不舍。捣大的，满口胡诌。奇形怪状，鬼气妖氛，种种各别。人人有些鬼形，各各都起些鬼号，把个光天化日，竟半似阴曹地府，你道可叹不可叹？在下如今想了个消魔的方法，与众位醒一醒脾。话说唐朝中南山有一秀才，姓钟名馗字正南。生的豹头环眼，铁面虬须，甚是丑恶怕人。谁知他外才虽是不足，内才有余，笔动时篇篇锦绣，墨走处字字珠玑[4]。且生来正直，不惧邪祟。其时正是唐德宗登基，年当大比，这钟馗别了亲友，前去应试。一路上免不得饥餐渴饮，夜宿晓行，一日到了长安，果然好一个建都之地！只见：

华山朝拱，渭水环流。宫殿巍巍，高耸云霄之外，楼台叠叠，排连山水之间。做官的锦袍朱履，果然显赫惊人；读

---

[1] 浇漓（lí）：指社会风气浮薄。
[2] 囿（yòu）：局限。
[3] 悭（qiān）吝：小气，吝啬。
[4] 珠玑（jī）：比喻优美的文章或词句。

书的宽带轻衣，真个威仪出众。挨肩擦背，大都名利之徒；费力劳心，半是商农之辈。黄口小儿，争来平地打筋斗，白发老者，闲坐阳坡胡捣喇。

这钟馗观之不尽，玩之有余。到了店门口，那店小二吃了一惊，说道："我这里来来往往，不知见够多少人，怎么这位相公生的这等丑恶！"钟馗笑道："你看俺貌虽恶，心却善也。快安排一间洁净房儿，待俺歇息，以便进场。"这店小二将钟馗安下，收拾晚饭，钟馗吃了。不觉已是黄昏，只见长班赵鼎元来禀道："明日买卷，该银二两。"钟馗道："怎么就该这些？"赵长班道："每年旧例：卷子要一两二钱，写卷面要一钱，投卷要五钱，结状要二钱，共该二两。"钟馗于是打开行李，称的二两雪花白银，付与赵鼎元。赵鼎元接了银子道："明日投文，后日准备进场，相公不可有误！"钟馗点首应诺。一宿晚景题过。次日起来，礼部里投了文书。走到十字街上，只见一伙人，围着一个相面的先生，在那里谈相。这钟馗挨入人丛，抬头看那先生怎生模样？

眸如朗月，口若悬河。眸如朗月，观眉处忠奸立辨。口若悬河，谈论时神鬼皆惊。戴一顶折角头巾，依稀好似郭林宗；穿一双少根朱履，仿佛浑如张果老。龟壳扇指东画西，黄丝绦拖前束后。曩[1]在两河观将相，今来此地辨英雄。

这先生原来是袁天罡的玄孙，袁有传是也。因时当大比，故来此谈相。钟馗见众人相毕，先生稍暇，方走进前说道："俺欲烦先生一相！"那先生抬头一看，只见钟馗威风凛凛，相貌堂堂，惊了一下，暗自沉吟："俺相这半日，都是些庸庸碌碌，并无超群出众之人。这人生的十分古怪！"于是定睛细看，看了一会，问道："足下尊姓大名？""俺姓

---

[1] 曩（nǎng）：以往，从前。

钟,名馗,特来领教。"那先生道:"足下天庭饱满,地阁方圆。更有两权朝拱兰台,自有大贵之相。只是印堂间带了黑气,旬日内必有大祸,望足下谨慎才是!"钟馗道:"君子问凶不问吉,大丈夫在世,只要行的端正,至于生死祸福,听天而已。何足畏哉!"于是举手谢了袁先生。次日进场,鱼贯而入。原来唐朝取人,只在诗赋。钟馗接的题旨,却是《瀛州待宴》五首,《鹦哥赋》一篇。钟馗提起笔来,不假思索,一挥而就,果然是敲金戛玉,文不加点。钟馗又从头看了一遍,自觉得意,于是交卷出场。你道当日主闱是谁?原来正主考是吏部左侍郎韩愈,副主考是学士陆贽。两人齐心合力,要替朝廷拔取真才。怎奈阅来阅去,不是庸腐可厌,就是放达不羁。更有那平仄不调、韵脚不谐的。还有信口胡诌,一字不通的。间有一二可观者,亦不过平平而已。两人笑的眼合口歪,亦复攒眉叹息,说道:"如此之才,怎生是好?"忽然阅着钟馗之卷,喜的双手拍案,连声叫绝,道:"奇才,奇才!李太白、杜子美后,一人而已!清新俊逸,体裁大雅,盛唐风度,于是再见矣。"二人阅了又阅,赞了又赞,取为贡士之首。专候德宗皇帝金殿传胪[1]。到了那日,五鼓设朝时候,果然是皇家气象,百分齐整。但见:

>　　九间金殿,金殿上排列着银钺金瓜!两道朝房,朝房内端坐着青章紫绶。御乐齐鸣,卷帘处香烟缭绕,隐隐见凤目龙姿。静鞭三响,排班时,纱帽缤纷,个个皆鹓班鹭序[2]。站殿将军,圆睁着两只怪眼;把门白象,齐漏着一对粗牙。正是:
>　　九天阊阖[3]开宫殿,万国衣冠拜冕旒[4]。

---

[1] 传胪(lú):皇帝宣布登第进士名次的典礼。
[2] 鹓(yuān)班鹭序:形容百官们朝见时庄重有序。
[3] 阊阖(chāng hé):传说中的天门。
[4] 冕旒(liú):天子的礼帽和礼帽前后的玉串。这里用作皇帝的代称。

钟馗等俯伏金阶,不敢仰视。只听得鸿胪寺正卿高声宣唱第一甲,第一名,钟馗。引见官将钟馗引上金銮殿。德宗皇帝扬龙眉,开凤眼,将钟馗一看,心中甚是不悦,道:"我朝取士,全在身言书判,此人丑恶异常,如何作得状元?"韩愈见龙颜不悦,俯伏奏道:"臣等职司文衡,只知阅卷,不得阅人,此人诗赋,句句琳琅,篇篇锦绣,陛下不可因人而弃其才!且人才之优劣,全不在貌。晏婴身矮而能相齐,周昌口吃而能辅汉。若必以貌取人,我朝张易之、张昌宗非明鉴耶?孔圣人云,以貌取人,失之子羽。岂可因人而废其才乎?"德宗道:"卿言虽是,但我太宗皇帝时,十八学士登瀛洲,至今传为美谈。若以此人为状元,恐四海百姓,皆笑朕不识人才也。"话犹未了,只见班部中闪出宰相卢杞,幞头象简,玉带金章,俯伏奏道:"陛下之言诚是,状元必须内外兼全,三百名中,岂少其人?何不另选一人,而烦圣心踌躇也。"钟馗闻言大怒,跳起身来道:"人言卢杞奸邪,今日果然。"于是舞笏[1]便打。其时闹动金銮,混乱朝仪。德宗皇帝大怒,喝令金瓜武士,将钟馗拿下。钟馗气的暴跳如雷,扑上金阶,将站殿将军腰间宝剑拔出,自刎而死。德宗惊得目瞪口呆,众官唬的面如土色。只见陆贽怒气填胸,向前奏道:"宰相不能怜才,而反害才,他道钟馗丑恶,做不得状元,他今现称'蓝面鬼',岂可做得宰相?奸邪误国,莫大于是,望陛下察之!"德宗此时,如嚼橄榄,方才回过味来,说道:"寡人一时不明,卿言是也。"遂将卢杞发配岭外,以正妒嫉之罪。封钟馗为驱魔大神,遍行天下,以斩妖邪,仍以状元官职殡葬。众官方才喜悦,皆呼万岁。德宗退朝,不在话下。且说钟馗受了封号,空中谢恩毕,提着宝剑,插着笏板,悠悠荡荡,向前而走。走够多时,远远望见一座城池,好生险恶。但见:

---

[1] 笏:古代臣子朝见君主时手中所拿的狭长板子,用竹片、玉或象牙制成,上面可以记事。

第一回　金銮殿求荣得祸　酆都城舍鬼谈人

阴风惨惨，黑雾漫漫。阴风中仿佛闻号哭之声，黑雾内依稀见魑魅之像。披枷戴锁，尽道何日脱阴山；钜解臼杵，不知甚时离苦海。目连母，斜倚狱口盼孩儿，贾充妻，呆坐奈河等汉子。牛头、马面，簇拥曹瞒才过去；丧门、吊客，勾牵王莽又重来。正是：

人间不见奸邪辈，地府垒堆受罪人。

钟馗正在观看之际，只见一个判官，领着两个鬼卒，飞也似走来，高声问道："汝是那方魂魄，来俺酆都城何干？速速讲明，免受拘拿。"钟馗看那判官，却与自己一般模样，也戴着一顶软翅纱帽，也穿着一领肉红圆领，也束着一条犀角宝带，也踏着一双歪头皂靴，也长着一部络腮胡须，也睁着两只灯盏圆眼。左手拿着善恶簿，右手拿着生死笔，只是不曾带宝剑。钟馗暗自思想道："奇哉！难道此人，也是像俺这等负屈而死的么？"遂向判官道："俺家姓钟，名馗，本是唐朝状元，只因唐天子以貌取人，不论文字，又被卢杞逢君，将俺革退。俺气愤而死，唐天子封俺驱魔大神，遍行天下，以斩妖邪。俺想妖惟汝酆都最多，今既到此，烦你通报阎君，问他何处有妖邪，烦他指示，以便驱除，庶不负唐天子封俺之意。"判官听了此话，遂拱立道旁说道："不知尊神到此，不但有失迎迓[1]，望乞恕罪！尊神欲见阎君，待小判急急通报便了。"于是别了钟馗，飞跑到森罗殿上，禀道："臣把守酆都城，有一人自称唐朝状元，姓钟，名馗，唐王嫌他貌丑，自刎而死。唐王封他为驱魔大神，他今特来酆都斩鬼，要见大王。"阎君早已知其始末，便道："有请。"那判官于是迎请钟馗。钟馗进了大门，只见两边站立的都是些狰狞恶鬼。到了殿前，又见柱子上挂着一副对联，上写道：

莫胡为！幻梦空花，看看眼前实不实，徒劳机巧？

---

[1] 迓：迎接。

休大胆！烊铜熟铁，抹抹心头怕不怕，仔细思量！

阎君下坐相迎，钟馗倒身便拜，阎君双手扶起，让钟馗坐定。问道："尊神至此，有何见教？"钟馗道："俺奉唐天子之命，遍斩妖邪，俺想妖邪惟此处最多，伏乞指示一二！"阎君道："此处妖邪固多，却都是些服毒鬼、上吊鬼、淹死鬼、饿死鬼之类。鬼魅虽多，经理的神灵却也不少。孤家自理之外，还有秦广王、楚江王、宋帝王、五官王、卞城王、泰山王、都市王、平等王、转轮王；又有左三曹，右三曹，七十四司，并无一个游魂，敢与作祟。尊神要斩妖邪，倒是阳间甚多，何不去斩？"钟馗听了大笑道："阳间乃光天化日，又有王法约制，岂容此辈存札？"阎君道："尊神只知其一，不知其二。大凡人鬼之分，只在方寸。方寸正时，鬼可为神，方寸不正时，人即为鬼。君不见古来忠臣孝子，何尝不以鬼为神乎！若夫曹瞒等辈，阴险叵测，岂得谓之人耶？"钟馗豁然大悟道："是便是！但不知此等鬼，作何名目？"阎君愀然道："此等鬼最难究治，欲加之以法制，彼无犯罪之名；欲彰之以报应，又无得罪之状也。曾差鬼卒稽查，大都是习染成性之罪孽，叫判官将此等鬼簿，献与大神过目！"判官呈上，钟馗展开一看，只见上面记得：讹鬼、假鬼、奸鬼、捣大鬼、冒失鬼、挖渣鬼、仔细鬼、讨吃鬼、地溜鬼、叫街鬼、偷尸鬼、寒碜鬼、倒塌鬼、涎脸鬼、急赖鬼、耍碗鬼、遭瘟鬼、消虚鬼、轻薄鬼、绵缠鬼、黑眼鬼、低达鬼、得科鬼、发贱鬼、龌龊鬼、温尸鬼、不通鬼、诓骗鬼、急急鬼、心病鬼、醉死鬼、抠掏鬼、伶俐鬼、急脚鬼、丢谎鬼、乜斜鬼、撩乔鬼，还有风流鬼、色中饿鬼、临了是个愣睁大王。钟馗看毕，惊讶道："不料世间有这些鬼魅，不知今在何处？"阎君道："无有定踪，大底繁华之地，轻薄鬼、风流鬼多些。地方鄙俗所在，龌龊、仔细这二种鬼多。其余散居四方，总无定踪，尊神但随便驱除可也。然驱除之法，亦不可概施！得诛者诛之，得抚者抚之，总要量其情之轻重，酌其罪之大小，只在尊神斟酌而施行。"钟馗道："虽然如此,但阴间的鬼魅有十殿阎君经理,又有左右六曹协办。阳间鬼魅,单委小神一个,恐独力难支,将如之何?"阎君道："孤家这里有两个英雄,一个叫做咸渊(含冤),一个叫做富曲(负屈),各具文武之才,此二人可以随便驱使,再拨阴兵三百名,着他二人统领,以助尊神之威如何?"钟馗道："如此最好,多谢美意!"阎君速传咸、富二人上殿听旨。二人俯伏殿前。钟馗举目观看,只见那咸渊：

头戴儒巾,论脑油足有半斤;身穿儒服,想尘垢少杀三升。满腹文章,怎奈饥时难煮;填胸浩气,只好苦处长吁!白眼亲友,反说穷酸骨离,离心妻子,倒嫌男子情乖。正是:

失意猫儿难学虎,败翎鹦鹉不如鸡。

钟馗看了咸渊,再看富曲,却又不同:

举止刚方,形容古怪。狼腰虎体,两臂力有千斤。海阔天空,一心私无半点。力能扛鼎,怎奈无鼎可扛!气可吞贼,其如有贼难吞。折弓烂箭,只好向人前卖弄。六略三韬,只落得纸上谈兵。正是:

雄心欲把山河奠,薄命难逃推毂[1]人!

阎君对钟馗道："尊神看此二人何如?"钟馗道："文谋武略,料来不差。得此二人足矣!但小神无骥可乘,亦觉亵体[2]。"阎君踌躇一会道："这也不难,俺这里阴山之中有个白泽[3],他前生原是吴国伯嚭[4],只因他奸邪害了伍子胥,故将他贬入阴山中变为白泽。数百年以来,自怨自艾,颇有改邪归正之心,此物堪与尊神骑坐,成功之日,

---

[1] 推毂(gǔ):比喻助人举事。
[2] 亵体:轻慢了自己为神之躯。
[3] 白泽:古代传说中的神兽。
[4] 伯嚭(pǐ):春秋后期吴国大夫,贪佞为己,残害忠良。

亦可以升天矣。"遂叫鬼卒将白泽牵来，阎君吩咐道："伯嚭，汝今既为人兽，颇有悔心，可与驱魔大神骑坐，建立功业，忏悔前先罪恶！"只见白泽摇头摆尾，有训伏之状。钟馗于是起身拜谢阎君，谢毕飞身上了白泽，提着宝剑，插着笏板。咸、富二神，亦骑了骏马，率领三百阴兵，浩浩荡荡往阳间而去。过了枉死城，只见奈何桥上站着一个小鬼，拦住去路，大喝道："何处魔神，敢从俺奈何桥经过？"钟馗怒道："唐天子封俺为神，阎君赐俺兵将，你是何鬼，敢大胆拦路？"那小鬼听了浑身打战，说道："原来是位尊神，往那里去也？"钟馗道："唐天子命俺遍行天下，以斩妖邪，俺敢就遍行天下去也。"小鬼道："尊神既要遍行天下，俺情愿相随。"钟馗道："汝有何能，要来随我？"那小鬼道："禀上尊神，俺这鬼形是适才变的，俺的原形是那田间鼹鼠。曾与鹪鹩赌赛，他欲巢遍上林，俺欲饮干奈河。不料他所巢不过一枝，俺所饮不过满腹。俺自饮此水之后，身边生了两翅，化为蝙蝠，凡有鬼的所在，惟俺能知。尊神欲斩妖邪，俺情愿做个向导。"钟馗听了大喜道："俺正少个向导，你试现了原身，往前飞去。"果然好一个碗大的蝙蝠！钟馗喜出望外，跟定蝙蝠，踊跃而去。这一去，有分教：

　　魑魅攒眉，鹤唳风声皆是将。

　　魍魉破胆，山川草木总成兵。

不知此去到阳间如何斩鬼？且听下回分解。

第二回

诉根由两神共愤　逞豪强三鬼齐诌

词曰：

谩说子云才，无见帮扶志已灰，弹铗[1]田文[2]何处去？哀哀。说道伤心泪满腮。冷眼怕睁开，满目难看似插柴。幸有宽皮装去了，该该。捣大欺人为甚来？

——《右调南乡子》

话说钟馗，跟着蝙蝠，领着阴兵，浩浩荡荡，早已到了阳间。其时正是三春时候，大家都化作人形，一路上看不尽桃红柳绿、碧水青山。远远望见绿杨湾里，显出一座古寺，那蝙蝠早已飞向前去。钟馗说道："俺们且到那寺中息歇一会，再走何如？"咸、富二神，齐声应诺。渐渐走至寺前，只见寺门上悬着一个匾额，上书"希奇寺"三个大字，里边修盖的齐整好看。

琉璃瓦，颜如青石，朱漆柱，不亚黄丹。白玉台基，打磨的光光滑滑；油绿斗拱，妆画的齐齐整整。山门下斜歪着两个金刚，咬着牙，睁着眼，威仪凛凛。二殿里端坐着四大天王，托着塔，持着伞，抱着琵琶，握着剑，相貌堂堂。左一带南海观音，率领着十八罗汉；右一带地藏尊者，陪坐着十殿阎君。三尊古佛，莲台上垂眉落眼；两位伽蓝，香案后袖手旁观。更有那弥勒佛，张着口，呵呵大笑。还有那小韦驮，

---

[1] 铗（jiá）：剑把。
[2] 田文：即孟尝君。

穿着甲,默默无言。老和尚故意欺人常打坐,小沙弥无心念佛害相思。

钟馗等走入寺中,知客迎着问道:"尊官是何处贵人,来游敝寺?"钟馗道:"俺过路到此,因见上刹庄严,故来瞻仰。"知客遂引着钟馗拜了佛祖,参了菩萨,又引至后殿谒了弥勒古佛,随喜一会,才请入方丈待茶。茶毕,知客道:"老爷到此,本该恭候,只因新来的火头,懒惰异常,惟恐斋馔不周,是以犹豫不决。"钟馗道:"俺们从不吃素,你只替俺买些肉来,打些酒来。"知客见如此说,忙去买了几块熟肉,打了几角好酒,送至方丈。这钟馗挽起袍袖,用剑将肉割的粉碎,撩起长须,露出一张大口,如狼吞虎噬一般,一面吃肉,一面饮酒。咸、富二人,也陪他吃了些,霎时风卷残云,杯盘狼藉。钟馗歇了一歇,方向含、负二神说道:"适间阎君处走的慌忙,不曾细问二位根由,此间闲暇,二位何不细讲一番,咱家也得个明白。"只见那咸渊叹口气道:"教主得知,俺本是一介寒儒,上无父母,下无兄弟,伶仃孤苦,终日只以吟诗作赋为本。不想此诗与彼丝不同,吟下盈千累万,也做不得衣裳,遮不得寒冷。此赋与彼富相悬,作下满案盈厢,却立不得产业,当不得人家。每日咽喉似海,活计全无,看看穷得益发可怜了。待要寻亲戚,那亲戚不惟怜我,而反笑我。待要靠朋友,那朋友不说难求他,并难见他。因此撇了桑梓,四海遨游。怎奈他乡与故土一般,那风流的嫌俺迂疏,那糟腐的又嫌俺狂荡。后来游至都门,颇为知章贺老先生赏识。那年正当大比,蒙贺老先生取为探花及第。不想宰相杨国忠要叫他儿子做状元,贺先生见他儿子半字不通,不肯取他。杨国忠上了一本,说贺老先生朋比为奸,阅卷不公。朝廷就将贺先生罢职,把俺革退。俺想半生流落,才得知遇,又遭阻滞,命薄如纸,活他何益?因此气愤不过,一头撞死。阎君怜俺无辜,正欲仰奏天庭,恰直主公索辅。俺今辅佐主公,亦可谓得见天日矣。"说罢号啕痛哭。钟馗道:

"苦哉，苦哉！汝既有此才华，俺今日权拜你为行军司马，待功成之后，奏知上帝，再讨封爵何如？"咸渊拜谢。只见富曲那里早已落泪。钟馗道："汝有何心事，何不也与咱家一讲。"那富曲揩了揩泪说道："俺本是将门之子，自幼爱学弓马，颇有百步穿杨之能。怎奈时蹇[1]，屡举不第。后来投了哥舒翰，那年吐蕃作乱，哥舒翰令安禄山征讨，将俺随军。不料安禄山失了军机，陷入贼阵，是俺奋不顾身，将他救出。哥舒翰要斩他，他求了杨娘娘的情面，反向明皇说道：主将败阵，皆偏将不听命之过。遂奉旨将俺斩了。俺这段奇冤，无处申诉。今日得遇主公，或可借此以泄胸中之愤也！"钟馗道："可怜，可怜！既然如此，就拜你为开路先锋。"富曲倒身下拜，谢毕坐下。二神又问钟馗始末，钟馗从头至尾，一一说了，二神不胜叹惜。正是：

　　愁人莫对愁人说，说起愁来愁杀人。

钟馗就在这寺中宿了一晚。次日起正欲整动阴兵，向前走路，只见个小沙弥慌慌张张，拿着一个红帖子往后殿直跑。钟馗叫住他道："是什么帖子？拿来我看！"那小沙弥将帖子呈上，写的是"年家侍教生独我尊顿首拜"。钟馗问道："此人是来拜谁？"小沙弥道："我问他来，他说要拜后殿弥勒古佛。"钟馗笑道："岂有此理！弥勒古佛，岂是人传帖拜的么？"小沙弥道："老爷不信，你看他随后就要进来。老爷只闪在旁边看他动静，便知其详。"钟馗只见果有一妖魔进来，怎见的：

　　两道扬眉，几生头顶心中；一双瞠眼，竟在眉棱骨上。谈笑时仰面朝天，交接处眼底无人。手舞足蹈，恍然六合内，任彼峥嵘；满心快意，意觉四海内，容他不下。戴一顶凤头冠，居然是尊其瞻视。穿一件虼[2]蚤皮，止算的设其裳衣。两个

---

[1] 时蹇（jiǎn）：时运不顺。蹇，艰难。

[2] 虼（gè）：即蚤。

小童，不住地高呼低骂，一匹瘦马，那里肯慢走缓行。正是：

得意猫儿欢如虎，蜥蜴装腔似乘龙。

原来此鬼好捣大，今日来要捣骗这些和尚，不料遇着钟馗。钟馗看他举动，又看他装束，不觉勃然大怒。提起宝剑，劈面就砍，道："你这个一字不通，诌断肠子的奴才，竟敢大胆欺人！"那妖魔闪在一旁，呵呵大笑道："你是那里来的野人，敢与俺作对？你可说俺如何不通，怎么欺人？若说的是了便罢，稍有不是，决不与你甘休。"钟馗道："且不论你衣冠僭分，举止轻狂，这尊弥勒古佛，是何等尊重。你就敢写个年家侍教生的帖子拜他，这岂是通文达理，谦恭自处的么？"那鬼道："你且不要佯憨，若说起俺的根由，只怕有俺坐处，并无你站处。这弥勒古佛，俺当初与他同山修道，同洞讲经。后来他做了西方尊者，俺占了南瞻部州。上管天，下管地，尊无二上，撑天立地大将军。所以三官大帝，见了俺尚称晚生，十殿阎君，见了俺皆道卑职。至于二十八宿，九曜星官，以及四海五岳龙王等众，益发不敢正眼视俺。俺与他这个侍教生帖子，因他是个和尚，不好与他眷弟。所以下个教字，还是谦而又谦，何为不通？何为欺人？"

钟馗听他说了这许多荒唐言语，就定不住他是何等样人，又恐怕果有些本领，才这等扬眉瞪眼，踌躇了一会说道："俺也不管你这些来历，只是你无有兵将，俺若杀了你，显的俺欺你孤身。你且去领些兵来，那时和你交锋。"那妖魔呵呵大笑道："也罢，也罢，俺且让你，再来拿你也不迟。"说毕竟脚不蹅[1]地，从半空中去了。钟馗对咸、富二神道："看他神通广大，其奈之何？"咸渊道："虽然如此，其间有许多可疑处。"富曲道："有何可疑？"咸渊道："他拜弥勒古佛，是尊泥像，绝无动容周旋，如何拜的？此其可疑者一也。他说他是撑

---

[1] 蹅（chǎ）：踩。

天立地大将军，俺查《缙绅》并《幽怪录》并无此等官爵神号。此其可疑者二也。他又说三官称晚生，阎君称卑职，其位可谓尊之极矣。就该有銮仪侍从，护法诸神，怎么只一匹瘦马，两个小童而已？此其可疑者三也。有此三疑，所以此妖有些难凭处。"钟馗道："司马所疑极是，俺如今待要寻他去，把他斩了，又恐他果有些来历，俺便干犯天条。待要不斩，又恐他将来作祸，怎生是好？"咸渊道："这也易处。俺如今装作个草泽医人，前去访问，必有人知他根由，访问的实，诛他未迟。"钟馗道："有理。"咸渊就戴了一顶高头方巾，穿一件水合道袍，束一条黄丝绦子，换了两只猪嘴鞋儿，肩上背了药囊，手中拿了响环，别了钟馗，信步而去。走够数里远近，只见前面一溪流水，几株垂杨，下边一座小桥，桥上都是朱漆栏杆，着实清雅。怎见得？有诗为证：

清水无尘映夕阳，东风拖出柳丝长；

闲来独向桥边坐，不数儿家彩漆床。

这咸渊正走得困倦，遂在桥上坐下歇息，消受些轻风飘逸、绿水潆洄的光景。忽有一个白发老者，走上桥来，将咸渊相了两相，拱手道："足下莫非擅岐黄之术么？"咸渊道："公公问俺怎的？"那老者道："老汉姓通，名风，号仙根，就在此村居住。今年七十一岁，并无子息，只有一女。近来不知怎的，只是发寒潮热，晚间自言自语，倒像见鬼的一般。敢烦先生屈驾一诊何如？"咸渊正要问他消息，遂满口应允，随着通风，一步步走入村来，只见那：

几间茅屋，一带墙垣。扇车旁金鸡觅粒，崖头上白狗看门。南瓜葫芦，竟当作铜炉排设，枣牌谷穗，权充作古画遮墙。牛圈里两个铃铛鸣彻夜，树林中几千鸟雀闹斜阳。还有那村姬面黑偏搽粉，少妇头蓬喜戴花。

那通风将咸渊引到他女儿屋里，咸渊也不暇看那女儿容貌，只顾低头假诊脉息。诊了一会,假说道:"令爱果有邪气,服药无益。俺知道你这里有一位撑天立地大将军么,神通广大,何不请他来除了妖邪,乃烦外人调理?"那通风道:"俺这里并无撑天立地大将军,先生莫非记差了?"咸渊道:"俺亲眼见过的,怎么就莫有?"通风道:"先生见他什么模样?怎生打扮?说来俺听!"咸渊遂将如何拜佛,如何衣服,一一说了。通风笑道:"原来是此捣大鬼。"咸渊道:"怎么是捣大鬼?"通风道:"此鬼名为捣大鬼,他就是孟子所说齐人的后代。他也有一妻一妾,因他妻看破他的行藏,不以良人待他。他就弃了妻,带了妾来到俺这里。初来时,凭着他捣大的伎俩,因此人人尊重,个个仰扳。后来他渐渐露出本像,无甚本事,所以俺这村中人如今都不理他。他又到远处地方,改作过往客人,或骗些财物,及图些酒食。还是你们正气,不曾入他的圈套,他何尝是什么大将军呢?"咸渊道:"既是这样人,他戴的紫金冠,穿的百花袍,俱是何处来的?"通风道:"说起他这穿戴,益发可笑。前者敝村赛社,要扮三官战吕布的故事,向戏班中赁些东西,及至赛完,与班中送去,不见了这顶紫金冠。明知是他匿起,他抵死不肯承认,只得社内赔了,他瞒过敝村,便戴在头上捣大。那一件百花袍,昨日他在俺当铺内借的,但不知那匹马,与两个小童,又是何处骗的?只知他在外边捣大,不知他妾今早已饿死在家中。"咸渊听了这席话,已明白了捣大鬼的根由。遂对通风道:"老人家,俺对你实说了罢,这捣大鬼往寺中拜弥勒古佛,寺中正有一位钟老爷是奉命斩鬼的。俺就是钟老爷的辅佐。钟老爷见他轻狂,就要斩他,被他一篇大鬼话脱身去了。俺如今还要斩他去。老人家,你既知他的伎俩,烦你授我个破他的法子。"通风道:"破他的法子也有,若以杀他伐取,他捣大惯了,决不肯服,定邀合他些伙伴来与钟老爷作敌。不如待交战之际,老汉去站在高处,大声报与他妾死之信,就问他讨取那件衣服。将他的根基掀腾出来,他自然气馁,你们擒他便不难了。不是老汉刻薄,实欲与敝村除这一害。"咸渊闻言大喜,于是背了药囊,拿了响环,别通风时,又叮嘱道:"临时务必早来!"一头走,一头笑,直笑进希奇寺来。钟馗问道:"为何这等大笑?想是探听的事情明白了。"咸渊笑着说道:"待小将细禀。"将怎的遇通风,怎的看病,怎的说起捣大鬼,怎的匿起紫金冠借的百花袍,一五一十,说了一遍。钟馗与富曲也都忍笑不住。

正在说笑之际,那捣大鬼领着一伙鬼兵踊跃而来,在寺前叫骂。钟馗闻之大怒,出了寺门,排开阵势。左有咸渊,右有富曲,并立门旗之下,仗剑喝道:"来者莫非捣大鬼乎?"捣大鬼闻言,吃了一惊,心内踌躇,他怎么也知俺的大号?只得勉强答道:"此不过孤家一个诨名,岂得谓之真也。汝有本事,敢与孤家大战三百回合么?"钟馗并不回答,催开白泽,舞着宝剑,飞也似杀将过来。两个一来一往,战够五十回合,不分胜败。捣大鬼正在酣战之际,忽听得高声叫道:"捣大鬼,你借的俺当铺里百花袍一件,这几日还不送来,却穿在这里厮杀,快些脱来!"捣大鬼闻言,知是通风老人,故意佯装不理,与钟馗又战。这通风又叫道:"捣大鬼,这衣服事小,还有个凶信报与你,你家贵妃今早已饿死了,等你骗口棺材装他。"那捣大鬼见通风把他的来历一一说破,便不觉的骨软筋麻,口呆目瞪。早有富曲一骑人马斜刺里飞奔去了,捣大鬼措手不及,被富曲活拿住了。众鬼卒一哄而散。通风见拿了捣大鬼,也就欣然去了。钟馗得胜回营,富曲缚过捣大鬼来,钟馗把他的眼睛用剑剜出,命松了缚,喝道:"俺本该诛你,俺体上帝好生之心,饶你去罢。"那捣大鬼得了命,瞎摸瞎揣的去了。原来他还有两个结义好兄弟,一个叫做挖渣鬼,一个叫做寒碜鬼。自幼与他情投意合,声气相孚。当日挖渣鬼同寒碜鬼,正在不老石上坐着,闲谈些捉风捕影的话,忽见捣大鬼摸揣将来,惊问道:"兄长为何如此狼狈?"捣大鬼听的是他两个声音,说道:"不消提起,你老哥常常捣大，今日捣骗了，遇着个什么鸟钟馗，将俺捉住，把眼睛剜去。你大哥要不会些本事，就被他杀了。二位贤弟，当与俺报仇！"又叹了一声说道："俺面上少了两只眼睛，家下又死了一个妃子，教我有家难奔，有国难投。"说到伤心之处，三人不觉齐哭，共流了四行之泪。挖渣鬼道："咱们结义以来，无论天地鬼神、官员宰相，也都要看俺几分脸面。什么钟馗敢这样欺心大胆！兄长不必怕他，要的俺弟兄们作甚？要打就和他打，要告就和他告，骚胡吃柳叶，我不信这羊会上树。"寒碜鬼道："二哥说得是，自古道'养军千日，用在一时'，大哥与俺们结拜，正为什么？况且我们有些本事，怕他怎的。如今就领起兵将，围住希奇寺，杀他个寸草不留，才教他知道咱弟兄们的手段。"这捣大鬼见他二人出力，又壮起胆来，真个又点了兵中之鬼、鬼中之兵，披挂齐整，杀奔希奇寺而来。怎见得他三人兵势：

  炮声震地，一面破锣，参气冲天。裹脚旗，围裙旗，迎风飘荡；剃头刀，割脚刀，耀日光辉。挖渣鬼歪戴着紫金冠，知他得意；寒碜鬼斜踏着罗圈镫，自觉威风。中军帐里没眼睛，他还要夜看兵书；弥勒堂前有结果，定要教齐登鬼薄。

且说钟馗得胜回营，正与咸、富二神，笑说捣大鬼的故事。只见小和尚两脚如飞，跑来报道："老爷不好了，祸事来到！"钟馗道："有何祸事？"小和尚道："捣大鬼又调了两个兄弟，说是什么挖渣鬼与寒碜鬼，领着许多兵卒，将寺门围的铁桶相似，怎生是好？"钟馗怒道："俺倒饶他，他反来寻俺。"手提宝剑，便要出去。咸渊向前止住道："主公不消动怒，俺想此鬼虽然剜了眼睛，究竟廉耻未生，待小神去劝他一番，他若改过自新，亦是消魔一法。"钟馗道："也罢，你试走一番，他若不改时，俺再斩他。"咸渊于是骑马出寺，高叫："捣大鬼前来答话。"只见一人飞马上前，头戴歪巾，身穿短服，手中拿着一杆白锡枪，来与咸渊见阵。你道是谁？乃挖渣鬼也。向咸渊道："俺与你往日无冤，近日无仇，为什么把俺兄长的眼睛剜去？今日俺和你拼个你死我活。"手举白锡枪就刺。咸渊架住道："俺且和你讲正话，大凡人生在世，全以忠信廉耻为重，圣人云，人而无信，不知其可也。孟子又云，耻之于人大矣。不耻不若人，何若人？有你们这伙魔鬼，通无信义廉耻。捣大的捣大，挖渣的挖渣，寒碜的寒碜，在你们以为得意，在人看见狗屁不如，稍有廉耻，真当羞死，还敢扬眉瞪目，白画欺人耶？"只见那挖渣鬼全无愧怍，反呵呵大笑道："汝欲学孔明骂俺王朗也。古人云，识时务者为俊杰。你叫俺老实本分，谁来瞅睬？像俺这样挖渣起来，呵豚的他也肯呵豚，嗅屁的他也肯嗅屁。你们虽养高自重，若见了俺吃的，只怕香的你鼻孔流油；见了俺穿的，只怕看的你眼中滴血。俺们是如何的体统，你就敢来大胆欺心。"一席话说的个咸渊牙痒难当，只得败下阵来。钟馗道："为何司马一去便回？"咸渊道："不知怎的，他那里说话，我就牙痒起来，实是难当！"富曲道："谅此辈非言词可下，还是交战一番，方见高低。"钟馗道："先锋之言是也，就劳一往。"这富曲结束整齐，提刀上马，领兵而出。

且说挖渣鬼得意回阵，愈觉威风。寒碜鬼道："等他来时，俺也替大哥出出力。"正在矜夸之际，鬼卒来报，外边有位将军来了。这寒碜鬼听说，戴了一顶灯盏高盔，穿了一副扎花铠甲，拿了一把割脚短刀，冲出阵来。富曲问道："来者莫非挖渣鬼？"寒碜鬼道："你真有眼无珠，就不看我穿的什么东西？拿的什么兵器？且不论俺武艺高强，人才出众，只这顶盔是通身贴金的，这副甲是南京清出绣线扎花的，这双靴是真正股子皮的，这只刀口是折铁点铜砂石细磨的，这匹马是五十两细丝白银买来的，你有什么本事，就敢与你寒碜爷对敌？"寒碜鬼话犹未了，富曲只当还有什么寒碜话说出，一跤跌下马来。众阴兵急救回去。钟馗道："先锋为何落马？"富曲道："奇怪的很，他正夸张之际。不知怎的将我的筋捩[1]得生疼,就不觉跌下马来。"钟馗道:"你们不济,待俺出去。"随即提了宝剑,跨了白泽,到了阵前,高声索战。捣大鬼道:"二位贤弟俱有功劳,俺不免也出去,再和那钟馗杀一阵。"二鬼齐声道:"兄长已被他剜去眼睛,如何交战?"捣大鬼道:"不妨,不妨,这叫做剜了眼睛不算瞎。"二鬼拦不住,只得放他出去。钟馗见是捣大鬼出来,说道:"你已被俺剜了眼睛,怎么还来瞎捣?"捣大鬼道:"孤家只因娘娘驾崩了,一时心绪不宁,被你们拿住。俺今调了二位御弟,率领雄兵百万,战将千员,尚何惧哉!若早早回去,是你造化,若说半个不字,俺敕令四天王将你拿住,发在阎君那里,教你万辈不得人身,方才罢休。"钟馗听了此话,不觉一阵恶心,几乎吐了一地,只得扶病而回。咸、富二神道:"我们牙痒的牙痒,筋疼的筋疼,恶心的恶心,倘他杀进寺来,如何抵抗?"只见一个胖大和尚走进寺来,怎生模样?但见:

一个光头,出娘胎并未束发;两只肥脚,自长大从不穿鞋。吃饭时张开大口,真个是一座红门!哂笑处眯缝细眼,端的赛两勾新月。肚腹朝天,膨膨胀胀,足可以撑船荡桨。布袋拖地,疙疙瘩瘩,都是些烧饼干粮。正是:

任他富贵贤愚辈,尽在呵呵一笑中。

这和尚笑嘻嘻的走进门来,向众神道:"你们为何这等狼狈?"钟馗道:"禅师有所不知,如今寺前来了三个鬼与俺对敌,俺三人一个牙痒,一个筋疼,一个恶心,无法胜他。"和尚道:"既如此,您随俺来,看俺制他。"一同出了寺门,和尚对他兵卒道:"叫你头目出来见我!"那鬼兵急忙去禀道:"钟馗又调了一个胖大和尚,要与三位王爷见话。"这三个鬼道:"是什么和尚,敢来见俺说话!"遂洋洋得

---

[1] 捩(liè):扭转。

意,向和尚道:"你是何处野僧,敢来与我们说话?"这和尚并不理他,只像未曾听见的一般。他们见如此模样,拿刀便砍,拿枪便刺。这和尚笑了一笑,张开大口,囫囵的一声,竟将三个鬼咽下肚里去了。钟馗惊讶道:"禅师何以有此神通?"和尚道:"你们不知,此等鬼与他讲不的道理,论不的高低,只将大肚子装了就是,何必与他一般见识。"钟馗道:"虽是这等说,装在肚里,到怕有些挖渣寒碜。"和尚道:"贫僧自有处治。"不多一时,见和尚出了一个大恭,竟将三个鬼变作一堆臭屎。只见那和尚化阵清风而去。钟馗道:"奇哉,奇哉!怎么一时就不见了?莫非佛祖来助俺么?"咸渊道:"是了,是了,后殿弥勒古佛,正是这个模样。"于是一齐拜谢去了。有言二句:

三个邪魔,生前作尽千般孽;

一堆臭屎,死后不值半文钱。

不知后来又有何等鬼作祟?且看下回分解。

第三回

咸司马计救旱西施　富先锋箭射涎脸鬼

诗曰：
> 花帘当影日正长，闲评人事费商量。
> 因循既短豪梁气，冒失还疏训诫方。
> 不断多情绵似带，自干自面厚于墙。
> 剑锋不惜诛邪手，才觉青天分外光。

话说钟馗拜了弥勒古佛，回至方丈，收拾行李，就要起程。这知客再三款留，说道："老爷到此，贫僧并无点水之情，聊备粗斋，少伸寸敬。"钟馗与二神只得坐下，等了半日才放下桌儿，又等了半日才掇[1]上茶来，看看等至日落时候，方才上几碗素饭。急的那知客不住的往厨下催督。钟馗大怒道："汝既留俺，为甚这等怠慢？"知客道："告老爷知，就是前者所言，新来这个火头十分懒惰，每日睡至日高三丈，每夜磨至三更以后，至于走动，都是丢油没水，竟像害痨病的一般，所以把斋馔迟了，望老爷宽恕！"钟馗道："叫他来，俺看看，是怎的一个火头。"这知客唤了半日，那火头才慢条斯理的走将进来，众神举目观他，怎生的形容？但见：

> 垂眉落眼，少气无神。开言处口如三缄，举步时脚有千斤。虎若前来，谅不肯大惊小怪；贼如后至，又岂敢急走忙行？
> 心平气和，好似养成君子；手舞足蹈，真若得道天尊。正是：

---
[1] 掇（duō）：用双手拿。

第三回　咸司马计救旱西施　富先锋箭射涎脸鬼 029

出髓东西堪作弟，无粮布袋可为兄。

钟馗看罢，便按剑大怒道："汝是何方人氏？从实说来！免汝一死。"那火头不慌不忙，上气不接下气的说道："念小的原非人类，本是冤魂。只因那年做些买卖，要赶水头，不想众人性急，都老早去了。俺起来时，已是红日半天，只得独自前行。谁料路途遥远，直走到黑，又遇着一个皮脸贼，将俺的行李尽数夺去。正要赶他时，有一条烟蛇，把俺缠住，缠的俺少气无力，不觉死去。指望告诉阎君。走到阴司，阎君不曾登殿，只得权且在这寺中，图些口腹，此是实情。"这几句话说了半晌，方才说完。钟馗道："据汝说来，莫非是温尸鬼么？"火头道："正是。"钟馗道："俺待要杀了你，你又无罪，待要不杀，实是恼人。"正在沉吟之际，只见一个人突然进来，也不管上下，不分南北，坐在正面，举箸就吃。众神见了俱吃一惊。看他怎生模样？

本非傲物，恰像欺人。有话便谈，那里管尊卑上下！得酒便吃，并不解揖让温恭。说话东犁又西耙，全无凭据；做事遮前不盖后，管甚周详。一任性子闯下祸，方才破胆；三分粗气弄出殃[1]，始觉寒心。正是：

但知天下无难事，不信人间有细人。

你道此人是谁？原来就是簿子上所记的冒失鬼。当下正坐在上面，自饮自吃。钟馗看的大怒道："这人来的好冒失！俺将温尸鬼评处，与冒失鬼一半，冒失的评与一半温尸，也是个损多益寡之法。"咸、富二神道："主意固好，只怕评处不来。"钟馗道："不难，不难。"提起宝剑，将两个鬼一剑一个，劈成四半，合将来依旧成了两个。你道怎么长得来？盖鬼无形，只有阴气，气与气合，自然易成。只见两个鬼，温尸的也不温尸了，冒失的也不冒失了，竟评成一对中行

---

[1] 出殃：比喻无端受害。

君子了。众人无不欢喜，都赞钟馗为代天造化之手。只是把寺中和尚吓的咬指，以为神人出世。二鬼拜谢而去，众僧益发恭敬，又住了一宿。次日整动阴兵，跟定蝙蝠，别过僧人，再往前行。走够多时，只见通风老人坐在那里叹气。见钟馗众神来，大喜道："老爷们请到寒舍用茶。"钟馗道："老者何人？"咸渊道："此即通风老人也。前者拿捣大鬼全凭他，今日为何在此纳闷？"通风道："一言难尽，自从拿了捣大鬼之后，只道老爷们驾已行了，决无相会之日，今日相逢，真乃三生有幸！"咸渊道："你不知捣大鬼又调了他两个兄弟，十分厉害，和他战了几场，不能取胜，幸遇弥勒古佛，一口吞在肚内，方才罢手，所以耽误了日期。但不知令爱如今比从前好些么？"老人道："说来话长，请到寒舍细讲。"

众人跟了通风走入草堂，只见上面挂着一轴亲友庆贺的寿幛，文理只好半通，下边放着一张珠红小桌，漆皮已去一半。墙边都是些囤子，门背后都是些农器。钟馗看了一会，就坐在了正面。咸、富二神，坐在两旁，通风下面陪坐，其余阴兵具扎在村外。须臾吃了茶。咸渊又问起他女儿之病。通风道："自从先生诊视之后，一日不胜一日，后来看看待毙。老汉再三盘问，小女才说有个鬼缠绕。今日老爷们到此，俺居家幸甚！"钟馗道："是何鬼魅？俺专要斩鬼。"通风道："此鬼说来甚是厉害，小女曾问他根由，他道：'在无耻山寡廉洞，洞中有个鬼王，叫做涎脸大王。他有四个徒弟，一个叫做龌龊鬼，专会吃人，真个有一毛不拔的本事。一个叫做仔细鬼，任贼打火烧他，总不肯舍出一文钱来。这两个鬼好生厉害！还有一个急赖鬼，无有本事，单凭急赖。又有个绵缠鬼，就是他缠的小女。这四个鬼领了涎脸大王的训教，如虎添翼。这绵缠鬼将小女缠的九死一生。老汉又无儿子，只有此女，倘缠死了，俺夫妻两个教何人送终！"说到伤心之处，不觉泪如雨下。钟馗道："你女儿叫甚名字？"通风道："叫做旱西施。只因生的有几分姿色,与西施相似,所以取此二字。但西施住在西湖苧罗村,得水之精而生。俺女儿住在这里,得山之秀而居。山水虽别,灵秀却同,所以叫旱西施。老汉见他娇嫩,爱如掌上之珠。那日敞村赛社,小女出去看了看,不想被此鬼看见,就缠上了。望老爷搭救。"钟馗道:"斩鬼是俺本分,不须如此!你且起来,引我看看你女儿动静,方好行事。"通风才爬起来,引着钟馗进了卧房,将他女儿一看,果然十分标致。但见:

眉如新月,纵新月那里有这般纤细;眼如秋水,即秋水也没有这样澄清!脸赛桃花,视桃花犹嫌色重;腰同杨柳,看杨柳还觉轻狂。蹙蹙眉尖,好似捧心西子;恹恹愁态,还如出塞王嫱。只可惜生在荒村,一颗明珠暗投瓦砾!若教他长于金屋,千般粉黛难比娇娆。便是:

王维妙手犹难画,况我拙手怎能描!

钟馗看罢,心下想道:"怪道有鬼缠他,真个的标致。"就问通风道:"那鬼甚时候来?"通风道:"到的夜深时候就来了。"钟馗道:"你且与我们拿酒来,就在令爱外间等他。"那通风遂欣然整办去了。须臾酒至。钟馗与咸、富二神,都在外间饮酒闲谈。果然更深时候,帘外一阵大风,那鬼来了。好生利害,怎见的,有诗为证:

不是风流不是仙,情如溇水性如绵。

若非涎脸甄陶久,怎得逢人歪死缠!

话说绵缠鬼跨进门来,见有人在,撒身便走。富曲随后赶来,举刀便砍。那鬼吃了一惊,闪过身子,随手将一条红丝绣带,望空一掷。说时迟,那时快!竟将富曲缠住。钟馗看见大怒道:"小小鬼头,就取弄此缠人之术!"提着宝剑,赶上前来,绵缠鬼空身无措,只得打个筋斗不见了。钟馗割断绣带,放开富曲。向通风道:"料此鬼今夜必不敢来了。"通风道:"不然,老汉也再三毁骂,他领了涎脸大王的教训，只管歪缠，并无廉耻。老爷不信，倒怕转刻就来。"话犹未了，只见绵缠鬼拿着一条死蛇，当又来缠绕。钟馗提着剑迎上前去就砍，绵缠鬼就拿着那蛇当了兵器，只管左右盘施，遮架宝剑。钟馗不提防，被他掷起死蛇，又将钟馗缠住。富曲慌忙上前砍他，他一个筋斗又不见了。富曲将死蛇割断，掷放地下，那绵缠鬼又来了。负屈只得又与他交战。如此绵缠了半月有余，或拿活蛇来活缠，或提死蛇来死缠。急的钟馗暴跳如雷。咸渊道："俺想起一条妙计来了，与其他来缠咱，不如咱去缠他。"钟馗道："他滑溜如油，怎么缠得住他？"咸渊道："不难，俺这计叫做以逸待劳之计，还得令爱使用。"通风道："交小女怎么使用？"咸渊向众家附耳低言道："必须如此如此。"钟馗大喜道："还是司马见识广大，虽孙、吴复生，也不过如此。"通风将此计告与妈妈，妈妈转说与旱西施。旱西施道："羞人答答，怎么做的出来？"妈妈道："儿呀，但得性命，那顾羞耻。"旱西施含羞应允。通风出来，请钟馗与咸、富二神，藏在后面闲谈饮酒。且说绵缠鬼到晚间悄悄跑来，见洁静无人，心中暗道："想是走了。"看房中时，灯光半明半灭，听得微微有叹息之声，遂大着胆走将进来，问旱西施道："你家那鸟钟馗那里去了？"旱西施道："因战你不过，今早走了。你一向不进房来，教奴家终夜盼望。"绵缠鬼道："我恨不得寸步不离，只因他们在，不得进来。"遂双手搂抱，就欲求欢。旱西施道："你且休要性急，奴家因你交欢不久，不能尽兴。如今想出一个法儿，做下一条白绫带子，勒在那个根下，自然耐久。待奴取来，和你试试如何？"把个绵缠鬼喜得心花都开，亲了个嘴道："谁知亲亲这样爱我！"

　　旱西施遂将带子取出，绵缠鬼将裤子解开，旱西施把带儿套上，尽力一束，绵缠鬼连连道："慢些，慢些，勒的生疼。"旱西施道："越紧越好。"又尽力一束，打个死结。看看疼的发昏，不能动得，遂高

第三回　咸司马计救旱西施　富先锋箭射涎脸鬼

声叫道："我把绵缠鬼缠住了，爷爷们快来！"钟馗等听见，便拥将来，把绵缠鬼斩了。众人大笑，这里通风备席，管待钟馗等不提。

且说那涎脸鬼在无耻山寡廉洞中为王，身边有一个军师，凡识精详，施计妥当，人因此起他一个诨名，叫做伶俐鬼。这伶俐鬼和涎脸鬼闲谈，涎脸鬼道："连日不见绵缠鬼来走走。"伶俐鬼道："不消讲起，他们自从得了你的涎脸法儿，各人只顾各，何尝孝敬你来？那龌龊鬼到要粘你的皮去了，那仔细的不肯损他的一毛。至于急赖的无时不急赖，绵缠的无日不绵缠，他们不来是你的造化，想念他们作甚？"涎脸鬼道："你说他们讨俺的便宜，难道我就讨不得他们的便宜？俺长上这副厚脸寻上他们去，任他龌龊仔细急赖绵缠，定要寻他些油水，今日闲暇无事，你且守管山洞，待俺寻绵缠鬼一遭，有何不可。"伶俐鬼道："任凭尊便。"那涎脸鬼随了他那副涎脸，出了寡廉洞，下了无耻山，前边还有一道唾沫河，过的河来，远远望见一座破庙。庙旁盖着一座茶庵，上写着四个大字，是"施茶结缘"。这涎脸鬼看那破庙时，十分狼狈。怎见得？

> 穿廊倒塌，殿宇歪斜。把门小鬼半个头，他还要睁眉怒目。值殿判官没了脚，依然是努肚撑拳。丹墀[1]下青蒿满目，墙头上黄鼠窥人。大门无匾，辨不出庙宇尊名，圣像少冠，猜不着神灵封号。香炉内满堆着梁上漏土，供桌上都去了案底花牙。多应是懒惰高僧，不男不女闲混账。辜负了善心檀越[2]，东走西奔费经营。正是：

> 若教此庙重新盖，未必人来写疏头。

话说涎脸鬼走上茶庵，见两个闲汉，在那里捣喇[3]。涎脸鬼就坐

---
[1] 丹墀（chí）：宫廷中红色的台阶及台阶上红色的地面。
[2] 檀越：佛教名词，寺院僧人对施舍财物者的尊称。
[3] 捣喇：闲谈、扯淡。

在凳上，施茶和尚托出三盏茶来。一个问道："你临着这座破庙，就不怕鬼么？"和尚道："到晚来自然害怕，只是关上门不理他，就罢了。"这个又道："你还说鬼哩，俺村里通风老头儿家，有个女儿，生的千娇百媚，教一个绵缠鬼缠上，缠的他看看待死。也是他命不该绝，来了一个钟馗，领了许多兵将，专一斩鬼，昨晚竟把绵缠鬼斩了。"涎脸听得此言，暗吃一惊。怪道许久不见？便问那人道："老兄此话是真么？"那人道："俺隔壁的故事，亲眼见得，怎么不真！"这涎脸听了，忙忙如丧家之犬，急急如漏网之鱼，跑回山来。伶俐鬼接着道："主公为何这等慌张？"涎脸鬼道："俺闻的一桩可虑之事，回来和你商议。"伶俐鬼道："什么可虑之事？"涎脸鬼把那人的话述了一遍，道："说他专寻着斩鬼。咱们都有些鬼号，万一他寻将来，如之奈何？不如我们先下手为强。"伶俐鬼道："不可，他是从此过路，必不久住，咱且关上洞门，躲避几日。等他过去了，咱再扬眉吐气不迟。古人云，知彼知己，百战百胜。此是兵家要诀，不可造次胡行。"涎脸鬼道："我的意思，一者与绵缠徒弟报仇，二者灭了他以绝后患，你怎么才是这样话？岂不是长他人的威风，灭自己的锐气。"因此将伶俐鬼佯佯不睬，竟转入后洞去了。这伶俐鬼满面没趣，叹口气道："俺昔日投愣睁大王时，指望成些大事，见他愣哩愣睁的不足以共机谋，今在这里，见他脸皮甚壮，可以有为。不想又是有勇无谋之辈，除了厚脸，别无可取，眼见的祸缘林木，殃及鱼池也。古人云，良禽择木而栖，贤臣择主而事，我闻得风流鬼为人倜傥，俺不免弃此投彼便了。"于是收拾行李，悄悄出了寡廉洞，竟投风流鬼去了。

且说钟馗等饮酒中间，说起绵缠鬼的师父涎脸鬼来，钟馗道："俺务必也要斩他，但不知无耻山在何处？"通风道："想必也不远，我们慢慢访问。"说话间只见那蝙蝠早已飞起。钟馗喜道："兀的不是，向导来也。"遂作别通风，起身与咸、富二神率领阴兵，随着蝙蝠正往前走，又遇一条大河拦路，但见：

青泡遍起，依稀好似蘑菇；白浪频翻，仿佛犹如海蜇。峡口由于唇吻，源头出自丹田。浑波浊器不煎茗，黏水黏船难渡客。这壁厢足迹满岸，恍惚闻足踢之声；那壁厢指影盈堤，俨然睹拳摇之状。就连隐士文人也定有几点唾添，还说些寡廉无耻的字样。正是：

要知如此真来历，尽在攒眉切齿中。

钟馗唤土人来问。土人道："这河名为唾沫河。从前本无此河，只因这无耻山寡廉洞出了个涎脸大王，惹得人人唾骂，唾沫积聚的多了，遂流成这道大河。河面虽阔，其实不深，老爷只管放心过去。"钟馗听了大喜，发付土人去了。过了唾沫河，前面就是无耻山，你道这山如何？但见：

不诚石垒堆满地，没羞岩高耸插天。冥耳攒蹄，挨打虎峰峦偃卧；张牙舞爪，脱水狼沟壑闲行。鬼念松沿坡遍长，不清柏满麓齐栽。这正是：

洞不在广，有鬼不廉；水不在深，有脸则涎。

钟馗引着阴兵，上了无耻山，围住寡廉洞，高声叫骂。小鬼报入后洞，涎脸鬼大怒道："俺正欲灭他，他来的凑巧。"急忙戴了一顶牛皮盔，穿了一领桦皮甲，拿一口三尖两刃刀，走出洞来。骂道："你这个丑鬼，将俺徒弟斩了，俺正要报仇雪恨，你这样大胆，还寻上门来！"钟馗道："俺奉旨除邪，专斩汝等，怎么不寻来？"说毕舞剑便砍，一剑正砍在他脸上，只见他毫无惊惧，并不损伤。钟馗失惊道："好壮脸也！"涎脸鬼道："不敢自夸，将就看得过，任你刀劈箭射靴头踢，总不在心。"富曲听得道："主公退后，待俺使箭射他。"涎脸鬼道："孤家站定凭你射来！"这富曲恃有百步穿杨的手段，洩满雕弓，一箭正射在他脸上。众阴兵齐声喝彩，以为就射死了，不想分毫不动，竟像不曾射着的一般。富曲大怒，又射一箭，还在他脸上，他仍然分毫不动，一连射了数十箭，他只是不动。富曲道："奇哉！昔日雷万春面带六矢而不动，人以为难，不料此鬼经数十箭，只觉平常，真从古未有之脸也。"钟馗气的暴跳如雷，又上前去照脸乱砍，竟如剁肉馅的一般，剁了个不亦乐乎，那脸上不曾红得一红。钟馗见他不动，站在白泽脊梁上，就依他不怕踢的话，足足踢了一百靴头。钟馗怒极而笑，问道："你这脸端的是何处来的，这等坚硬？"涎脸鬼笑道："若说俺这脸，却也有根有源，当日家师娄师德传俺一个唾面自干的法儿，俺想此法不过只要脸厚罢了。因此俺就造了副铁脸，用布裹漆了，犹恐不甚坚牢，又将桦皮贴了几层，所以甚也不怕。前日一时乏用，将脸当在当铺中，不想铺中当下许多壮脸，辨不出那个。俺眉头一蹙，计上心来，因对他说道：'只消向石头狠剁，剁不破的就是俺的。'他依俺编排，将众脸齐剁，皆剁破了，唯俺这副再剁不破。俺有如此厚脸，实是无价之宝，岂惧汝等这些寻常兵器乎？"钟馗听了，顾富曲道："似此当如之奈何？"只得败阵回来，挂了免战牌，那涎脸鬼竟得胜回洞去了。

钟馗对咸、富二神道："如此厚脸，怎生破他？"富曲道："俺看他本领也只有限，只是这副厚脸难当！怎么设个法儿诱他那副厚脸到手，他不足畏矣。"咸渊想了一会说道："有个法儿，他所凭者那副厚脸也，咱也照样造上一副，比他再造的厚些。来日阵前交锋，他若肯换时，咱便得了他的厚脸。"钟馗道："不妙，不妙，他失一副厚脸，得一副厚脸，究竟一般，有何损益？咱换将他的脸来，咱倒也成了一副涎脸了。"咸渊道："不是这等，咱造这副厚脸时，内藏一副良心。既有良心，就与他相反。他肯换上时，那良心发动，自然把厚脸渐渐薄了。他既脸薄，咱却脸厚，所谓不战而屈人之兵也。"钟馗喜得拍掌道："妙哉计也！此惟孙悟空能之，诸葛武侯亦恐不及。"于是依这法子，

第三回　咸司马计救旱西施　富先锋箭射涎脸鬼

造起脸来。先以铜铸为中间，以鞋底铺垫，外用牛皮蒙了几层，又贴上几层桦皮，只是少一副良心。钟馗问阴兵要，众阴兵道："小的们知道那良心拿到阳间不中用，所以都不曾带来。只有一个阴兵，名唤潘有，他有一副良心，却也不是阴间带来的，是这边一个有良心的人，见此时使用不上，气愤不过，将良心撒在街上，被他拾来藏起，老爷只问他要便了。"钟馗叫潘有来，要良心。潘有舍不得掏出来，抵死只说莫有。众阴兵道："他明明半路上拾起一副良心，竟要昧了，待小鬼们搜他。"于是将潘有按倒在地，浑身遍搜，从他脊背里搜出来了。钟馗将良心装入脸中，看时比涎脸更厚一半。钟馗大喜。过了一晚，次早出阵，使阴兵前去叫骂。涎脸鬼戴了他那厚脸出来，道："你昨日败阵去了，怎么今日又来纳命？难道还不知孤家的脸厚么？"钟馗道："你有脸，难道俺就无脸么？"于是将脸戴上。涎脸鬼吃惊暗道："怎么他今日也有一副厚脸？怪道又敢来见俺。"只得高声说道："俺的脸你们昨日已是领教过了，你的脸俺今日也要领教领教。"钟馗道："从不吝教，只管来领。"那涎脸鬼走上前来，两只脚丁字站定，举起三尖两刃刀照脸砍来，只听得挖揸一声响，火星乱奔。再砍第二刀时，那刀已卷刃了。涎脸鬼心中打算道："这等看来，他的脸比我的更厚，俺若得了他这副脸，可以横行天下。"遂高声叫道："你这脸道也算厚，你敢与我厮换么？"钟馗道："怎么不敢！"涎脸鬼心中暗喜，忙将脸取下来递与钟馗，钟馗也将脸取下来递与涎脸鬼。这涎脸鬼欣喜戴上，不多一时，良心发动，看看将脸消得薄了。涎脸鬼大惊道："怎么在他脸上见厚，到俺脸上就薄起来了？"再摸时，消得竟与纸相似，须臾现出一副良心，涎脸鬼不觉满面羞惭。钟馗与富曲见他通红了脸，知道是良心发动了，遂并力向前。那涎脸鬼遮架不住，逃回洞中去了。他的小鬼禀道："大王如今羞得不敢见他们了。为今之计，只有两着，或是寻齷齪鬼，或是寻仔细鬼，大王择一处投奔，养一养脸，再来与他们伎俉[1]。或行或止,大王快些定夺!"涎脸鬼道:"罢!脸已丢了,还论什么行止!不如俺寻个自尽好。"于是拔出刀来,自刎而死,正是:

> 但得良心能发现,果然有脸不如无。

要知后事如何?且听下回分解。

---

[1] 伎俉:计较的意思。

第四回

因齷齪同心访奇士　为仔细彼此结冤家

词曰：

　　财如血，些儿出去疼如裂。大难何膺，但凭胡说。究竟胡诌，诌不着，忽然两地成吴越。鹬蚌相持，渔人自悦。

话说涎脸鬼自刎而死。小鬼们见没了主人，只得四散逃走。因商议道："我们往何处去好？"一个道："就是适才所言，不是往齷齪鬼家去，就是往仔细鬼处。"一个道："仔细鬼家远，我们到齷齪鬼家去罢。"于是一拥出了寡廉洞，竟都从后山走了。一个个气喘吁吁，方才到了齷齪鬼门首。忙去叩门，里边跑出一个小鬼来问道："你们是何处来的？我家主人有病，不能相会。"众小鬼道："你家主人有何病？莫非推托么？"那小鬼道："我家主人害的是挟脑风。"众小鬼道："若说别的病症我们不知，若说挟脑风却有一个好方儿立刻见效。"那小鬼道："是何方儿，何不见教！"众小鬼道："俺家主人当年也曾患此症，请了一个巫师来，那巫师敲动扇鼓，须臾请将柳道跎来，将俺主人头上打了二十四棍，又教巫师炙了二十四个艾柱，登时就好了。"那小鬼道："这是什么缘故？"众小鬼道："你不知道么？这叫做贼打火烧。"那小鬼道："我只道是正经话，原来是鬼话。我问你们，端的为甚要见俺主人？"众小鬼道："实和你说罢，如今不知那里来了一个钟馗，又有一个司马，还有一个将军，领着数百阴兵，专斩天下邪鬼。昨日将俺无耻山寡廉洞里大王灭了，俺们避难而来。一者想要与大王报仇，二者就来投靠你主人家。"那小鬼听了，慌忙飞报进来。

且说那龌龊鬼正在那里思量，如何图谋人家房产？如何霸占人家田地？只见小鬼跑到跟前，正长正短，如此这般，禀了一会。龌龊鬼不听便罢，听了此话，脑子里一声响亮，魂已飞于天外了。一万六千毛孔一齐流汗，二十四个牙齿捉对厮打。只得勉强扎住，吩咐小鬼道："有这样事？但他们既来投我，我少不得要管饭，每人四十颗米的稀粥，咸菜一根罢了。"吩咐毕，只管踱来踱去，心下想道："此事还须与仔细鬼商量方妥。"又想道："若请他来商量，未免又要费钞，不如我寻到他家里去，他自然要管待我。这叫做猪八戒上阵，倒打一耙。"主意已定，遂走出门来，寻仔细鬼去了。走了几步，忽然又想起一事。你道他又想起什么来？他想路途遥远，倘若出起恭来，可不将一包好屎丢了。不如回去叫个狗跟上，以防意外之变。于是回来，又唤了一只狗，走不多时，果然就要出恭。龌龊鬼叹道："天下事与其失之事后，不可不虑之事前！圣人云，人无远虑，必有近忧。此之谓也。"真个出了个大恭，那狗果然吃了。未得走远，狗也出起恭来。龌龊鬼看见，气得发昏，骂道："不中用的畜生，真个鼠肚鸡肠，一包屎也存不住，要你何用？"看了看待要弃下，甚是可惜，待要拿上，又无可拿之法。只见道旁有些草叶，忙去取来，将狗粪包了，暗带在身上。主人看到此处，忍不住要作诗赠他：

  人屙之后狗偏屙，狗吃人屙人奈何？
  料想人吞吞不得，也须包裹当馍馍。

其二

  龌龊之人屎偏多，自屙自吃不为过。
  早知那狗不中用，宁可憋死也不屙。

按下龌龊鬼不题。且说仔细鬼，他生来禀性悭吝，情甘淡泊，其时正在家看守着财帛。听得门外有人叩门，只得走将过来，见是龌龊鬼，少不得让到里面坐下，问道："兄长何来？"龌龊鬼道："无事不登三宝殿，有一要事，特来商议。"遂将无耻山众小鬼来投的原由，说了一遍："我想来亡了性命，还是小事，倘若令兵来抢掠，你我半生所积，岂不劳而无功？"仔细鬼道："是呀，我们不如把银子打成棺材，等他来时，钻在里边，连忙埋了，岂不人财两得。就是死也落得受用。"齷齪鬼道："不好，这几两财帛原是子孙的，咱们不过与他看守，若是随的去了，教他们如何过度？"仔细鬼道："又说的是，但依你说该何如？"齷齪鬼道："须得个万全之策才好。"两个人想来想去，总没个好法子，看看想了半夜，把个齷齪鬼饿的饥馁难当，只是发昏，没奈何向仔细鬼道："老弟我们饿了，我有带来的狗粪一包，请你何如？"仔细鬼道："老兄原来还未吃饭，只是此时火已封了，怎么处？"又低头想了半日，方说道："有昨日剩下的两个半烧饼，还有一碗死鸡熬白菜，若不见外，权且充饥何如？"齷齪鬼道："使得。"于是拿将上来，放在桌上，仔细鬼陪着也吃了一个。这齷齪鬼只得一个半烧饼到肚，连充饥也不能得够，再又不好要了。没奈何将裤带紧了一紧，又看见桌子上落下许多芝麻，待要收得吃了，恐怕仔细鬼笑话，乃眉头一蹙，计上心来，于是用指头一面在桌上画，一面说道："我想钟馗这厮，他定要从悭吝山过来，过了悭吝山，就是抽筋河，过了抽筋河，就是敝村了。"桌子上画一道，粘得几颗芝麻到手，因推润指，将芝麻吃了又画，画了又吃，须臾吃得干净。只见桌缝中还有几颗不能出来，齷齪鬼又定了一计，向桌子上一拍，将那芝麻溅出来了，他又用前法吃了。仔细鬼忽然一阵心疼，不能动止，你道为何？他见芝麻落在桌上，自然是主人之物了，不想又被齷齪鬼设计吃了，所以心疼起来。齷齪鬼见他心疼，心上也有些明白，与自己得病一样，只得作谢去了。仔细鬼疼了一会，转过气来，恨道："何尝是来商量计策，分明是来讨扰，我不免明日也到他家去商议，怕他不还我的席。"于是连晚饭也都不吃了，等到天明，竟往齷齪鬼家去。这正是：

龌龊鬼抠龌龊鬼，仔细人寻仔细人。

须臾到了龌龊鬼门首，摇响门环，只见龌龊鬼在门缝里张望。仔细鬼道："是我来了，不必偷看。"龌龊鬼开了门道："原来是老弟，我当是吃生米的哩。"仔细鬼道："你老弟从来不吃生米。"龌龊鬼便接口道："想是老弟吃了熟饭了。"因对家人说道："你二爷吃了饭了，不必收拾，只看茶来罢。"仔细鬼暗想道："又受了他的局了。"只得坐下，吃了一盅寡茶，说道："老兄昨日所言钟馗之事，我想来还是须与急赖鬼商议，他还有些急智。"龌龊鬼道："又提起他来了！他去年借了我三斗二升一勺粮食，只还我三斗二升，竟欠下我一勺未还，我为朋友面上，不好计较，你说他可成人么？"仔细鬼道："可不，怎奈他问我借了二钱三分四厘五毫银子，还时竟短了我的五毫，我教他写下欠约在那里，至今不好去逼他。我们如今且做一个大量君子，搁在一边，且与他商量退敌之策可也。"龌龊鬼道："你说得是。"遂连忙携手同行，不觉来在急赖鬼家门首，只见门前围着许多人。仔细鬼道："不知他家做什么事？倘若撞在其中，岂不要出个棒子。"龌龊鬼道："我们问个明白，若是做什么事，权且回去，午后再来，还要讨些剩油水吃哩。"于是询问众人，不想都是问他要债的。急赖鬼急了，推出一面牌来，上写着"明日准还"，那些人不依，嚷个不住。龌龊鬼向前说道："他明日准还也就罢了，为何还这等乱嚷？"那些人道："二位不知，他这个明日，是个活的明日，不是死明日，所以难凭。"仔细鬼笑道："他这个明日，就如夜明珠一般，千年万载，常明起来，那里有什么底止。"龌龊鬼道："原来如此，但列位们嚷也无益，索性等到他明日，看他如何？"那些人见说的有理，也只得去了。

他二人方才进去，见急赖鬼在那里砌墙。仔细鬼道："外边有许多人叫骂，你还这等安心砌墙？"急赖鬼道："二位有所不知，为西墙倒坏，我如今拆东墙补西墙，岂是有奈何的么？二位兄长到此何干？"龌龊鬼道："如今有天大一桩事特来求教！"如此如此，这般这般，说了一遍。急赖鬼道："我只道是什么大事！若这桩事，有何难处？只须写一封吓蛮书去唬他，他自然不敢来了。"仔细鬼道："怎么是吓蛮书？"急赖鬼道："你不知当日外国要唐天子服他，唐天子召将李太白来。李太白酒后，明皇着杨贵妃与他捧砚，高内官与他脱靴，他拿起笔来，一挥而就，写成一封吓蛮书，竟将那外国吓服了。如今咱也只须写一封书吓他便了。"仔细鬼道："此计大妙，正是纸上谈兵，只是教谁来写哩？"急赖鬼道："不难不难，我这里八蜡庙中，有一教学先生，文才最高，做得诗词歌赋，再莫人比得过他。那一年岁当大比，题目是风花雪月绝句四首，他不假思索，拿起笔来，就做成了。我还记得，试念与二位兄听！

咏风那首是：

　　一股冲天百丈长，黄沙吹起斗难量。

　　任他镇宅千斤石，刮到空中打塌房。

咏花那首是：

　　一枝才败一枝开，谁替东君费剪裁？

　　花匠想从花里住，不然那讨许多来。

咏雪那首是：

　　轻于柳絮快如梭，可耳盈头满面操。

　　想是玉皇请宾客，厨房连夜退天鹅。

咏月那首是：

　　宝镜新磨不罩纱，嫦娥端的会当家！

　　只愁世上灯油少，夜夜高悬不怕他。"

龌龊鬼听了道："这个算做得好！只是'不怕他'三字，有些不明白。"急赖鬼道："这正是用意深远处，大凡做贼的人偷阴不偷月，他最怕的是月，月偏不怕他，故意要照将起来，所以用着'不怕他'

三字,可谓奇之至极矣。房官见了此卷,喜得说道:'羽翼已成,自当破壁飞去。'因怕他飞了去,将他文字半壁,抹了许多红道拦住,犹恐脱颖而出,又画了许多叉子叉住,呈在主考那边。不想主考学问浅薄,晓不得'不怕他'三字,反说没有出处,驳了不中,你说屈他不屈他?他因此满腹不平,又作了一首感怀诗,益发意味深长,小弟再念与二位兄听!

  生衙钞短忍书房,非肉非丝主不良。
  命薄满眸观鹬蚌,才高塞耳听池塘。
  谈诗口渴梁思蜜,论赋心漕孔念姜。
  何日时来逢伯乐?一声高叫众人慌。"

  龌龊鬼道:"这诗我益发不懂,还求讲一讲!"急赖鬼道:"生衙钞短忍书房者,且说待要做生意无本钱,待要当衙役又没顶手,所以忍气吞声入书房也。第二句就是因主考驳了他的卷子,他说他吟的诗当不得肉,作的赋当不得丝,又遇主考无良,不能爱才。故云非丝非肉主不良。第三句是他见人家中了,他不能中,故愤然说道,我虽命薄,看你们鹬蚌相持到几时?第四句是说不第以来,别无生涯,只得教书,那学生们念起书来,就如蛙鸣一般。古诗有'青草池塘处处蛙'之句,这听池塘三字,又用得好。第五六句便说到那教书的苦处,每日讲起书来,讲得口渴心漕,当日梁武帝被侯景困在台城饿死时,曾思蜜水止渴。论语上有'孔子不撤姜食,故又说起孔念姜。口渴思蜜水,心漕想鲜姜。你看他对的何等工巧!又句句是典故,岂不是好诗?至于结尾二句,益发妙绝,古今少有。当日马逢伯乐而嘶,其价倍增。他说何日来逢伯乐,遇上个明眼主考,将他中了,如今人都欺他,那时把人都唬慌了。所以说'一声高叫众人慌'。这一首诗无一个闲字,无一句闲话,蕴藉风流,特真异才。讵[1]奈德修而谤兴,道高而毁来,人反起他一个诨名叫做不通鬼,你说这样才学,岂是不通的么?"仔细鬼道:"自然是大通家了,兄可快唤他来,写吓蛮书。"急赖鬼道:"你们空有几分财帛,道理全然不解。当日成汤访伊尹,文王访太公,玄德访孔明,都亲身求见,岂有个唤来之理。我们必须亲去拜求方可。"龌龊鬼道:"还是老弟知理。"于是三鬼同出门来。

龌龊鬼与仔细鬼听了急赖鬼多少诗词,听的耳饱,苦了自己肚皮,饿的腰不能伸,没奈何鞠着躬跟他走。转了几个弯,就是八蜡庙,上前轻轻叩门,里边走出个小童来,问了来历,进去通报。且说那不通鬼正与诌鬼讲话,小童走到身旁,低低的说了一声:"有客来访。"这不通鬼也不问是谁,就吩咐道:"请进来罢。"小童便出来说:"有请。"他三鬼鞠躬而入,十分谦逊,先向诌鬼致意,道:"此位先生高姓?"不通鬼道:"是敝社长诌老先生。"他三人先向诌鬼作了揖,然后与不通鬼作揖。说道:"久仰大德,未敢造次,今日面会,实慰平生。"不通鬼道:"学生草茅下士,幸接高贤,顿使蓬荜生辉。"让坐已毕,不通鬼一一问了姓名,小童托上茶来,吃毕。看他书房,果然清雅!但见:

  小小院落,低低茅屋,也没有松,也没有梅,也没有竹。帘前惟二枣,阶下栽双菊。一顶儿书柜,不是梨木;几卷残书,颇称古籍。砚台堪作字,诗筒可装笔,存一点太古风,装一个稀奇物,闭门远俗客,烹茶待相识。还有一桩缺欠,无钱赊酒不得。

不通鬼道:"三位先生到此,必有见论?"三鬼道:"无事不敢擅入,今有一切身厉害之事,特来求教!"遂将钟馗之事,细说了一遍,并求书之意。不通鬼道:"学生才疏浅薄,只恐有负所托。"只见诌鬼

---

[1] 讵(jù):岂,表示反问。

大怒道："何处钟馗？这等大胆！敢在太岁头上动土！老兄你将这书须写得官样些，教他知道我们的才学，他自然不敢正眼相看。如其不退，我们再动公呈。"不通鬼道："既然如此，学生只的要呕血了。众位请坐，待学生搜索枯肠。"于是左扭右捏，须髯不知拈断了多少。七八个时辰，方才写出稿来。你道写的什么？

年家侍教生某等顿首，书奉钟老先生将军麾下：盖闻先王治世，各君其国，各子其民，彼此不争，凡以息兵也。先生不知何所见而来，竟将生等一概要斩。即以斩论，孟子云："君子之泽，五世而斩，小人之泽，亦五世而斩。"生等既非小人，亦非君子，其不应斩也明矣。而先生必欲斩之！先生既欲斩生等，生等独不可斩先生乎？如其见机而作，乃属群兵而告之曰："众鬼之所欲者，吾头颅也，我将去之，不亦善乎？"若犹未也，生等赫然斯怒，爰整其旅，将见弓矢斯张，干戈戚扬，争地以战，杀人盈野，争城以战，杀人盈城。先生其奈我何哉！统希酌量，勿贻后悔！不宣。

众鬼看毕，大喜道："还是先生高才！说得又委婉，又刚正，他自然卷甲倒戈矣。"诌鬼道："辞虽好，还得我亲自去一番，凭三寸不烂之舌，说的他死心塌地，不敢小觑我等。"龌龊鬼等益发大喜，只得攒钱买酒，与诌鬼饯行。诌鬼饮过三杯，拿了书竟昂然而去。且说钟馗自从灭了涎脸鬼，因五月热天，且在这山中避暑。这日正与咸、富二神赏玩榴花，阴兵来报道："外边有一秀士要见。"钟馗道："令他进来。"只见那诌鬼高视阔步，走到面前，长揖之外，并不下拜。钟馗已有几分不耐烦了，问道："汝来何干？"诌鬼道："俺闻兵乃凶器，战乃危事，所以圣人不得已而用之。今日先生到此，未闻不得已处，竟要将鬼诛杀，上帝有知，岂有汝乎？我学生不忍坐视，故教敝友作书一封，特来奉上。倘若执迷，公呈决不免也。"说罢递上书来。

第四回　因齷齪同心访奇士　为仔细彼此结冤家 ‖ 047

　　钟馗听了他的言辞,已是大怒,又看他书中十分无礼,满纸胡言,竟无一笔通处。于是掷书于地,大喝一声,手起剑落,将他连腰带肠,一齐砍断,再不能诌了。于是率领阴兵,竟寻齷齪鬼等来。正走之间,只见前面喊声震天,纷纷攘攘,有许多兵马厮杀。你道是谁?原来是齷齪鬼与仔细鬼因与诌鬼钱行,摊钱不均。齷齪鬼少摊了数个,又有几个小钱,仔细鬼受不的,所以生起气来,率领家兵厮杀。钟馗不知是谁,将远看的人叫来问时,就是他书上写的那两个。钟馗就要上前去斩。咸渊道:"主公权且息怒,这叫做二虎相斗,必有一伤,待他伤了一个,我们诛一个,便容易了。"钟馗于是扎下营寨不题。且说齷齪鬼与仔细鬼正在酣战之间,只听得一声呐喊,两家鬼兵都散了。你道为何?原来他两个平日与这些兵的口粮不足,已都有些怀恨,今又见钟馗安下营寨,料想纵有功劳,绝无赏赐,因此散了。他两个愈加气愤,只得拔出刀子来厮剁,看看两家都带了重伤,两家儿子出来各救了回去。且说齷齪鬼回到家中,疼痛难当,料想不能得活,又恐死了累儿子买棺材。遂于夜间偷走,跳在茅坑死了。正是:

　　　　生前不是干净人,死后重当齷齪鬼。

　　再说仔细鬼听见齷齪鬼死了,看自己也是一身重伤,料来不能独活,遂吩咐儿子道:"为父的苦扒苦挣,扒挣的这些家财,也够你过了。只是我死之后,要及时把我的这一身好肉卖了,天气炎热,若放坏了,怕人不肯出钱。"说着流下两行伤心泪来,大叫一声,呜呼哀哉了。不多一时,又悠悠的活转来。他儿子问道:"爹爹还有什么牵计处。"仔细鬼道:"怕人家使大秤,要你仔细,不要吃了亏,就是牵计这个大事。"说毕方才放心死去了。不想他儿子果是孝顺,不肯违了父命,竟仔仔细细将他碎割零卖。这也叫做事死如事生,事亡如事存的了。再说那急赖鬼与不通鬼正在那里眼望旌旗捷,耳听好消息。忽见小鬼来报道:"不好了,钟馗来了,将诌先生杀了,齷齪爷与仔细爷都死了。我们只得各顾性命罢了。"说着就跳出去,逃得无影无踪了。不通鬼闻得这个消息,丢了三魂,丧了七魄,也不顾笔砚琴书,跑到后园井边,不通一声,作水秀才去了。只留下急赖鬼,急急走到家中,闭门不出。钟馗率领阴兵,将他宅舍围住,昼夜攻打。急赖鬼急了,教他儿子也照前者讨债时挂出一面牌来,是将还字改成降字,说:"明日准降。"到了次日,钟馗使阴兵问他:"为何不降?"他道:"写的是明日准降。为何今日来问?"钟馗听了大怒道:"看来这个明日是个无底止的了。"催督阴兵尽力攻打。那急赖鬼见势头不好,只得拿一枝大戟杀将出来。这边富曲出马,两人战够多时,只听得一声响,急赖鬼落马,众阴兵上前拿住。钟馗便要斩他。急赖鬼道:"不算,不算,这是俺的马蹶,岂是汝等之能?便斩死也不心服。岂有大丈夫乘人之危而为胜者乎?"钟馗呵呵大笑道:"也罢,俺且放你去,让你再来,谅你笼中之鸟,网中之鱼,不怕你逃入离恨天去。"急赖鬼回到家中,换了一匹银鬃白马,手持画戟,又杀出来。钟馗与富曲相迎,急赖鬼措手不及,又被富曲活捉过来。急赖鬼又道:"岂有此理,俺只有一人,你却两个,虽然拿住,也算不得英雄。有本事只许单战,不许挟攻。"钟馗笑道:"果然会急赖,俺就再放你去,那时捉住,又有何说?"急赖鬼又回到家中,弃了大戟,拿了一口可怜剑,又杀出来。钟馗便与他单战。那急赖鬼怎敌得过钟馗,数回合之外,便就逃走。钟馗紧紧赶来,赶到奈河边,前无去路,急赖鬼大惊失色。正在慌乱之际,忽然绿杨荫之中,撑出一只没下梢的船来。急赖鬼指望渡过河去,再寻生路。不料跳得慌忙,一跌跌落水中,变成个大乌龟,缩了脖子,再不肯出来了。正是:

　　见人无方,张口不能胡急赖;
　　避人有法,缩头权且作乌龟。

要知后事如何?且听下回分解!

第五回

忘父仇偏成莫逆　求官做反失家私

诗曰：
　　为后攒眉日夜忧，金银唯恐不山丘。
　　乃翁未瞑愁儿目，孝子能忘报父仇？
　　赙具有神财摄去，烟花无底钞空投。
　　早知今日冰成雪，应悔当年作马牛！

这首诗为何作起？只因人生在世，千方百计，挣下家财，后来遭下不肖子孙，定要弄个干净。所以古人说得好："悭吝攒财，必生出败家之子。"这两句话便是从古至今，铁板不易的道理。唯有司马温公看得透彻，道："积金以遗子孙，子孙未必能守；积书以遗子孙，子孙未必能读；不如积阴骘于冥冥之中，以为子孙长久之计。"若人人都学司马温公做去，世上再无有龌龊仔细鬼了。怎奈学司马温公的少，学龌龊仔细的多，自然那败家之子也就无数了。怎见得？原来龌龊鬼与仔细鬼一家生下一个儿子，俱与乃翁大大相反。自从父亲死后，他们就学起汉武帝来了，狭小汉家制度，诸事俱要奢华。又随了一般帮闲的朋友，登时弄得干净。虽然弄去了许多东西，却落下两个美号，龌龊鬼的儿子叫做讨吃鬼，仔细鬼的儿子叫做耍碗鬼。此是大概，且容细细说来。却说钟馗见急赖鬼变了乌龟，率领阴兵，又往别处去了。这讨吃鬼打听得钟馗已去，安心乐意，在家受用。只是见房屋吃用，俱不称意，反将父亲骂道："老看财奴！空有家资，却无盘算，人生在世，能活几日？何不穿他些，使他些，吃他些，弄他些，也算得世上做人一场。怎么只管俭用？今日死了，你为何不带了去，遗下这些东西累我？我也是个有才干的人，岂肯教他累住。"正在打算之际，只见媒人领着一个后生进来，那后生怎生模样打扮？但只见：

> 一顶冠随方就圆，两只靴遮前露后。遍体琉璃，只怕那拾布的钢钩搭去；满身秽气，还愁这换粪的马勺掏来。拿不得轻，托不得重，从小儿培植成现世的活宝；论不得文，讲不得武，到大来修炼就稀罕东西。正是：
>
> 慢说海船钉子广，拔出船钉尽窟窿。

讨吃鬼问道："这小厮是何处来的？"媒人道："闻得宅上无人使唤，专引他来使用。说起他家也是富贵人家，只因从小儿娇养，没有读书，他家父亲死后，学了一身'本事'，又会耍牌，又会掷骰，又会饮酒，又会小唱，又会弦子，又会琵琶，至于钻狗洞、跳墙头，都是他的'本事'。且是性格又谦让，又极有行止。他赢下人的，绝不肯去逼迫，别人赢下他的，一是一，二是二，并不教人上门上户。因此将家私败了，人还不说个好，反送下一个诨名，叫做倒塌鬼。他如今没奈何，要投在人家使唤，问了几处，都不承揽，我闻得宅上不是那时不容闲人了，所以领来，大爷只管留下，包管大爷诸事称心。"讨吃鬼道："我正要用这等人，来得正好。"于是写了一张投身文约，赏了媒人十两银子，那媒人欢天喜地去了。这讨吃鬼向倒塌鬼道："连日暑气炎炎，那里有什么乘凉去处才好？"倒塌鬼道："大爷要乘凉不难，离此有十里之远，有一座快哉亭，那亭子前面都是水，水里栽着莲花，堤边都是杨柳，遮的这亭子上一点日色全无，且是洁净无比。坐在那上边，耳畔黄鹂巧啭，面前荷香扑鼻，风过处微波滚玉，日来时杨柳筛金，绝好的乘凉之地！大爷何不一往？"讨吃鬼道："如此所在，自然要去，只是我一人坐在那里，也无滋味，你又是我手下人，陪我坐不得。"倒塌鬼道："有小人一个相知，极会奉承，当日奉承小人时，甚是欢喜。

小人赠了他一个美号,叫做低达鬼,大爷要人陪,小人去唤他来何如?"讨吃鬼道:"极好,你快去唤。"倒塌鬼不多时,果然唤低达鬼来了,怎见得:

> 满面春风,一团和气,弯着腰从不敢伸,缩着肩那能得直?未语先看人,双目钉住大爷之须;未言先自笑,一张口朝着大爷之腹。身欲坐而脚像有针,脚欲行而唯恐有石。见了酒不知有命,逢着肉只愁没腹,教投东不敢西,惟取欢心;不避风却怕雨,岂惮劳碌!更有几般绝妙处,劝老爷莫带草纸,他说道:"不打紧,有小人可以揩。"

却说这低达鬼进的门来,扑地磕下头去,讨吃鬼道:"不消行礼,请坐了罢!"那低达鬼再三谦逊,多时才坐在椅子上。讨吃鬼叫他一声,他就连忙跪下道:"大爷有何吩咐?"讨吃鬼道:"我因天气炎热,要去快哉亭上乘凉,要你陪俺。今后你也不必这样过谦,只要陪得大爷受用罢了。"低达鬼连连打恭,道:"大爷吩咐得是。"于是收拾了一桌席,都是山珍海味,只少龙肝凤髓,又抱了两坛惠泉美酒,骑了一匹高头骏马,玉勒金鞍,竟到快哉亭上来了。只见亭子上边,早有一伙人在那里饮酒,你道是谁?原来是仔细鬼的儿子,耍碗鬼,同了两个知心朋友,一个叫做诓骗鬼,一个叫做丢谎鬼。那耍碗鬼自从仔细鬼死后,他的心肠与讨吃鬼一般。也是怨恨他父亲不会为人,所以也就改了当日制度,每日只是饮酒取乐,今日正在这快哉亭上受用,见讨吃鬼来,恐他计不共戴天之仇,心下踌躇,谁想他度量宽宏,不念旧恶,连忙走下亭子来,迎着讨吃鬼道:"兄长也来此作乐乎?弟久已要负荆请罪,唯恐兄长不容,今日幸遇此地,实出望外也。再不消提老狗材,只因他们反目,致令我弟兄们参商。"说罢,让到亭子上来,讨吃鬼未免也说了几句亲热套话,与众人罗圈作揖,彼此俱问了大号。

讨吃鬼与耍碗鬼彼此让席,诓骗鬼道:"据我说来,你两家合了席，岂不热闹？"低达鬼道："妙哉，妙哉，小子左之右之，无不宜矣。"真个将两家合而并坐，讨吃鬼居左，耍碗鬼居右，诓骗鬼、丢谎鬼对陪，低达鬼打横，倒塌鬼执壶斟酒。饮酒中间，又说起先人们当日刻薄，没见天日，若是这等亭子上，不知快活了几十场了。诓骗鬼道："如今这些话也不消提了，放着眼前风光，何不畅怀！二位大爷只管讲他怎的？我们王十九，只吃酒。"于是满斟一杯，奉与讨吃鬼，要他行令。讨吃鬼道："实告，酒我虽会吃，却不晓得行什么令，你就替我行罢。"诓骗鬼又让耍碗鬼，耍碗鬼也是如此说。你道却是为何？只因他两家祖辈从不宴客，所以他二人都未见过行令。诓骗鬼心上明白，不勉强难为，遂道："也罢，我就替大爷行起。"于是拿过骰盆来说道："要念个风花雪月梅柳的词儿，如念错了，罚一大杯。"众鬼道："念的明白些，我们好遵令。"诓骗鬼拿只骰儿说道："对月还须自酌，春风到处皆然；东西摇曳柳丝绵，花满河阳一县。梅开香闻十里，雪花乱扑琼筵；念差道错定纠参，不罚大杯不算。"掷下去恰好掷了个么。诓骗鬼满斟一杯递与讨吃鬼，讨吃鬼道："这是为何？"诓骗鬼道："令是小人替行，酒要大爷自吃。"讨吃鬼吃了酒，就该耍碗鬼掷，耍碗鬼道："爷爷呀，这坑小弟的命了！你再重说一遍！"诓骗鬼只得又念了一遍。那耍碗鬼还念错了两句，掷下了四，大家都斟上，耍碗鬼还罚了一大缸，就该诓骗鬼掷。丢谎鬼道："你已掷过，怎么又掷？"诓骗鬼道："此是大爷的令，我不过替大爷一行而已，我敢不遵命？"于是拿起骰来掷下去，是个六点。

诓骗鬼自然明白，飞起杯来，敬了讨吃鬼一杯。丢谎鬼说道："这是怎么说？"诓骗鬼道："令是雪花乱扑琼筵，所以我就乱扑起来。"那低达鬼道："怎么扑不到我这里？只管教我想！"诓骗鬼也就赏了他一杯，转过盆来该丢谎鬼掷，丢谎鬼掷下个二，他竟满席斟起来。诓骗鬼道："请罚一大缸。"丢谎鬼道："我遵令，怎么罚？令是春风到处皆然,不该大家都吃么?"诓骗鬼道:"你不知道,要依点数来,掷骰二点只敬两家就是了。"丢谎鬼只得受罚。收尾该低达鬼掷,满心他要掷个六或四,吃杯酒儿。不想掷下个三,只得上下尅起,甚是难过。乘众人不看,竟将一壶酒嘴对嘴一气儿偷吃了。

且说大家正吃得豪爽,见红日已西沉矣。讨吃鬼道:"我们正在高兴之际,又早黄昏了,怎得有甚宿处,我们乐个通宵方妙?"诓骗鬼道:"这有何难?此去到柳金娘家不远,大爷们为何不往他家去?"耍碗鬼道:"柳金娘是个什么人家?大爷们去的来不的?"诓骗鬼道:"这柳金娘有两个绝色女儿,一个取名倾人城,一个取名倾人国,俱有闭月羞花之貌,沉鱼落雁之容。大爷们何不相会相会,也不枉到此一游。"讨吃鬼与耍碗鬼听得此言,不觉麻了半边身子,说道:"为何不早说?快些去。"

于是一行人离了快哉亭,望前急走,走不多远,前边一座大镇,讨吃鬼问道:"这是什么去处?"丢谎鬼道:"此处叫做迷魂镇。"又走了几步,前面又一座大寨,耍碗鬼道:"这又是什么去处?"诓骗鬼道:"这是烟花寨。"众人都上寨来,又见一个大坑,坑上有座独木桥,讨吃鬼问道:"这是什么缘故?"诓骗鬼道:"这坑叫做陷人坑,这桥叫做有钱桥,总是有钱的许来瞧,无钱的不许来瞧的意思。"到了柳金娘门首,诓骗鬼引着众人进来。金娘道:"众位老爷,今日那阵风儿刮的到此?"又看见讨吃鬼与耍碗鬼:"这二位大爷面生得紧。"诓骗鬼道:"是我的新朋友,他二人俱有万贯家财,今日专来看你两位姐儿。福星来临,你怎还这等怠慢?"柳金娘听说有钱,喜的屁滚尿流。向讨吃鬼与耍碗鬼说道:"鸨儿有眼无珠,望乞二位大爷恕罪!"便磕下头去,这讨吃鬼与耍碗鬼并没走这条路,不知规矩。只见鸨儿磕头,又有几岁年纪,讨吃鬼与耍碗鬼连忙叫了声老奶奶,还了个揖。金娘忙让到客房,只见摆设得甚是齐整,上面供奉着他祖师白眉神,下边放着一张方桌,八把交椅,两边铜炉古画,极其潇洒。众鬼依次坐下,须臾就是一道果仁泡茶。柳金娘连忙催促他两个女儿出来,果然生的美貌,但见黑参参的头儿,白浓浓的脸儿,细弯弯的眉儿,尖翘翘的脚儿,直掇掇的身子儿,上穿着藕合细罗衫儿,下穿着水白广纱裙儿,两个一样容貌,一般打扮,就如一对仙女临凡,朝着众人端端正正拜了两拜,把讨吃鬼与耍碗鬼喜的满心发痒,痒的无有抓处,只是目不转睛的看。手下丫头抬过八仙桌儿来,讨吃鬼与耍碗鬼依然上坐,诓骗鬼与丢谎鬼依然对坐陪席,两个姐儿打横,低达鬼斜占了桌角,即时把大盘大碗托将上来,无非是鸡鱼果品,山珍海味之类。

众人在这里猜拳打马的吃酒,那倒塌鬼是失时之人,独自一个在厨房里与老鸨儿捣椒。丢谎鬼道:"二位贤姐何不清歌一曲与二位爷劝劝酒?"那倾人城拍着桌棱儿,唱黄莺儿道:

巫山梦正劳,听柴门有客敲!窗前淡扫梨花貌。鸳衾暂抛,春情又挑。当筵不惜歌喉妙,劝儿曹。缠头频解,方是少年豪。

果然词出佳人口,端的有绕梁之声,众人夸之不尽,说道:"这位贤姐这等人才,又有这样妙音,若非二位大爷有福,怎么消受得起?"于是又教倾人国唱。倾人国便续着前腔,也唱一曲道:

果是少年豪,缠头锦,不住抛,千金常买佳人笑。心骚意骚,魂劳梦劳,风流未许人知道,问儿曹,闲愁多少?好去上肩挑。

众人都说道:"妙妙妙!又新鲜,又切题,实难为贤姐了。"讨吃鬼道:"你们难为的他二位唱了,你们何不也唱一个回敬回敬?"诓骗鬼道:"不打紧,我有一个打枣竿儿,唱与他罢。"于是一面拍着手,唱道:

两冤家,我爱你身材俏,还爱你打扮的忒然风骚。更爱你唱曲儿天然入妙,一个如莺啭,一个似燕娇,听了你的声音也乖乖,委实唱的好!

丢谎鬼又编造了一通,把众人说的大笑。低达鬼道:"你得罪二位大爷,又把俺们都扯下水去。"丢谎鬼道:"你不要说我,且看你有甚本事与二位大爷劝酒?"低达鬼道:"我但凭二位贤姐吩咐,教我怎的,我就怎的。"倾人城说道:"我叫你学驴喊。"那低达鬼真个就喊了三声。倾人城说道:"不算不算,要跪在地下,就如驴一般大喊三声方算。"低达鬼道:"这有何难。"连忙跪下,高喊三声,把众人喜笑不住。低达鬼奉与倾人城一杯酒,又斟一杯与倾人国。倾人国说道:"你要教我吃这杯酒,除非跪下顶在头上,叫声嫡嫡亲亲的娘,说吃儿的这杯酒,我方肯吃。"低达鬼道:"死不了人。"真个头顶酒杯,跪在地下,叫道:"嫡嫡亲亲的娘,你吃儿子这杯酒!"那倾人国笑着道:"好个孝顺儿子!"于是取酒来吃了。众人道:"我们告了回避罢。"这两个败子此时也恨不得教众人散了。遂扯了诓骗鬼走到帘外,悄悄的问道:"这桩事我们都不能行,还要求你指教!"诓骗鬼道:"没甚难处,只要舍的银子就体面了。"二人领了这大教,就立起挥金如土的志气来。

当下众人都到外边客房里睡去了,只讨吃鬼携住倾人城的手,耍碗鬼携住了倾人国的手,各自进卧房去了。只见:

花梨木床来于两广,描金柜出自苏杭,桃红柳绿,衣架上堆满衣裳;花缎锦绸,灯床顶高增褥被。梳头匣描着西湖景致,匀面镜生铸就东海螭纹。更有瓶桂花油满房香腻,还有匹红绫马触鼻腥臊。

他二人从来不曾见这样摆设,喜的心花都开,就如刘晨、阮肇误入天台一般,又像那猪八戒到了西方极乐世界一般,当下抬脚不知高低了。丫头们进来脱靴,竟赏了五两银子,你道他们来快哉亭乘凉,自然不曾带得银子,如何这等就便益。原来从快哉亭起身时,已定了主意，故使人回家去，取了百十两银来。两个姐儿见他二人出手大样，枕头上就百般奉承。若不是生死簿上不该死，险些儿连命都丢了。次日起来，众帮闲都来扶头，无非鸡蛋肉丸之类罢了。转刻吃毕早饭，众人道："我们做些甚好？"倾人城道："我们蹴圆[1]罢。"讨吃鬼道："我们不会蹴圆。"倾人国道："我们不然投壶罢？"耍碗鬼道："我们不晓得投壶。"众人道："我们不如玩牌好。"这是众人做住的圈套，要套两个败子。他两个果然就认了道儿，众人把倒塌鬼也叫到跟前，要抽头儿。初时暗与他两个几张牌，渐渐使出手段来，登时就赢下他两个几百两银子。两鬼道："不玩牌了。"要掷骰。不想这骰儿，又是柳金娘灌上铅的，他两个依旧在下风头。

如此在柳金娘家住了半月有余，他两个的家私已去了一大半。那日忽然来了一位相公，跟着许多家人，原来是贾大爷的公子。诓骗鬼扯着他二人与众人都溜将出来道："他来了，我们莫要太岁头上动土，且走罢。"二人无奈，只得回去。讨吃鬼将众人邀在他家里坐下，心中好不气恼，对耍碗鬼道："他们做官的人家这样势焰，我们没有前程的，难过日子，若是你我大小有个前程，这会也还在那边陪他坐里。就纵然把人让他，我们也不至于这等没体面往外飞逃。"耍碗鬼叹了一口气不作声。诓骗鬼乘机说道："大爷们要前程不难，拿出几千两银来，小人效劳，替大爷们到长安去谋个前程，休说前程，就像那公子的父亲做黄堂知府，也是个容易的。那时做了官，挣几十万银子回来，谁敢说句歪话？"耍碗鬼道："官也这等容易做么？"丢谎鬼道："这有何难，如今朝中做宰相用事的是李林甫，他受贿赂，只要投在他门下，自然就有官做。只怕大爷们舍不得银子，若是舍得，小人帮扶诓骗哥去，只管要妥当。"一席话说的二人心头起意，说道："不知得用多少

---

[1] 蹴（cù）圆：踢球。

银子？"诓骗鬼与丢谎鬼一个眼色，丢谎鬼就不作声了。那诓骗鬼故意打算了一会，又吸溜一声，就说："二位大爷要做官，轻可也几千两，少了不济事。"讨吃鬼扯出耍碗鬼来，背地里商量了一会，进来安住诓骗鬼与丢谎鬼，教低达鬼陪坐，他两个办银子去了。盖是想做官的心急，当日就要打发起程的意思。

且说那两个，每人都有万贯家财，只因在柳金娘家里要在人家跟前做体面，输下的账，不等回家来就着人取去，与了众人。众人都各自送回家来，此时一家凑了五千两银子，便如倾囊儿出的。于是当面封包了银子，一面使人去雇牲口装成驮，则管待他两个吃了酒饭，千万嘱咐，打发起程去。他二人就学起做官的样子来了，走一步大摇大摆，说话时年兄长，年兄短，以为这顶纱帽就像在头上一般。不想等了三四个月，并无音信，家中没有银使，凡事渐渐萧条起来了。一日正在纳闷之间，丢谎鬼来了，恰好耍碗鬼也正在讨吃鬼家坐，二人忙问道："端的如何？"丢谎鬼叹了口气道："我们到了长安，恰要寻个门路，谁想不凑巧，刚刚兑着朱泚[1]作乱，我们商议要回来再去，路上被贼盗将银子抢去。诓骗鬼也教贼杀了，惟有小人逃的性命回来，今日相见，实是再世人了。"那两个败子一闻此言，气得大呼小叫，口吐鲜血，跌倒在地，不省人事。丢谎鬼爬起来一溜烟走了。你说他往那里去了？原来是他做成的圈套，将银子骗的走了两程，寻了歇家，将原来的脚夫打发去了，另雇骡子改路，要往南京去，也恰有朱泚作乱的消息，他们不敢走，诓骗鬼在店内住，这丢谎鬼回来安动作具实事，端端的在这两个败子跟前丢上这等几句大谎。依旧赶上去与诓骗鬼均分了银子，往南京做生意去了。这两个败子苏醒过来，无可散气处，恰好倒塌鬼进来说："家中没有柴米做饭，拿钱来小人去籴。"讨吃鬼

---

[1] 泚：音 cǐ。

道:"钱在那里?只个来米不成。"倒塌鬼咕嘟了嘴说道:"莫有钱来米,难道饿死不成?"讨吃鬼正在气头之上,见他说这句言语,拿起棍来照头就打,不料一下将倒塌鬼打死了。耍碗鬼道:"正在什么光景处,你又弄下这人命,该怎么处?"讨吃鬼呆了一会,说道:"低达鬼见我们穷了,他又往别处低达去了,他日若在时,看见便遮俺,如今只是你我弟兄二人商量个法儿才好。"耍碗鬼想道:"只说他是霍乱儿死了,与他买个扒皮棺材,装在里边埋了,他又没有人主,不过瞒过街坊邻里的耳目去就便了。"讨吃鬼道:"我那里有钱与他买棺材,只好使席子卷了罢。"耍碗鬼道:"不好,席子卷了露出头上的伤来,教人看破,反做不妙了。不如咱弟兄们抬上,丢在园井里罢。那眼枯井,教他一总倒塌去罢。人问时只说他逃走了。"于是依计而行,看官们着眼,这就是倒塌鬼的下落。

再说这两个败子,一日穷出一日,把地也卖了,家货也卖尽了,讨吃鬼刚刚落下一条顶门棒。耍碗鬼落下一个碗,二人叹道:"还是先人遗下这两件好东西,不然我们岂不失脚了。"于是讨吃鬼拿着棍,耍碗鬼抱着碗,才做起他们的本分生意来了。一日在街上讨吃,听得后面高声叫,二人回头看时,是那急赖鬼的儿子叫街鬼。讨吃鬼问道:"兄为何也做这个买卖?"叫街鬼道:"只因先父惟凭急赖,莫有挣下东西,所以遗些虚薄产业,都被我拆兑与人家了。小弟没奈何,学会这个本事,倒也清闲自在。二位是方便的,为何半年不见,也就如此了?"二人道:"不消提!"因将前事诉说一遍,道:"我们如今是患难朋友了,且又是父交子往,不如结拜了,也好彼此扶持。"说的投机,便同到土地庙里厮磕了个头,结拜成兄弟,果然恩爱异常,日则同食,夜则同宿,不像同胞弟兄们参商不像样。

那一日往大王庙中赶会,忽有一个人慌慌张张来说道:"快躲快躲!钟馗又来了。"他三个吃了一惊道:"他已走了多日,怎么今日又来?"那人道:"你们不知道,他前去欠真山有个假鬼,本领十分厉害。行事如捉风摄影,说话皆遮天映日,与钟馗大战了几场,才被钟馗斩了。斩了假鬼回来,路上又遇着个低达鬼,不想这低达鬼不济的很,钟馗将他捉住,他就吓的满口胡招,竟将三位招出来。钟馗将他罚得与阴兵做了个吮疽舐痔的外科太医了。如今又寻将你三位来了,我是地溜鬼专来报信。"说毕去了。他三人正疑惑之际,只听鼓角连天,已将大王庙围了。叫街鬼道:"此时如何区处?只得与他对敌。我在这里呐喊,你两个上阵。"那讨吃鬼手拿打狗棍扑上前去,钟馗大喝一声,如山塌地崩之状。吓得讨吃鬼骨软筋麻,丢了棍往回飞跑。钟馗赶来,耍碗鬼接住,举起碗来向钟馗打去,指望照脸一碗打死。钟馗的宝剑下叮当一声响,将碗打得粉碎。耍碗鬼道:"罢了,罢了!把吃饭的家伙也丢了,还不投降,等待何时。"于是三人一齐跪下哀告道:"念小的们原是好人家儿子,只因不守本分,被人诓骗,弄得穷了,没奈何干这营生,教人起下这些鬼号。望老爷饶命!小的们不是情愿做这样鬼的。"钟馗道:"不守本分,便是匪类,要你们何用?"三人又苦苦哀告道:"这也不尽是小的们的不是,只因祖父们悭吝的悭吝,急赖的急赖,所以积造下的。老爷岂不闻悭吝爱财,必生败家之子,赖来的东西不长盛?"钟馗呵呵大笑道:"据汝等说来,倒也有理,但只是游手好闲,不是常法。"于是每人打了四十棍,以戒将来。又每人赏了一百文钱,以济穷苦。三鬼见钟老爷赏罚分明,心中感服,叩头拜谢。知过必改去了。这叫做:

费尽家赀,阿翁枉作千年计。

学会讨吃,好儿也挣百文钱。

要知后事如何?且听下回分解!

第六回

诓骗人反被人抠掏　丢谎鬼却教鬼偷尸

诗曰：

世事循环何日了？这个才赊，那个随来讨。总是人缘诚处少，苍天故把乾坤小。

幸有钟馗心肠好，除去奸顽才觉东方晓，任他变化千般巧，当庭一断如包老。

话说那诓骗鬼骗了讨吃鬼与耍碗鬼的万两银子，与丢谎鬼两个均分。还恐怕讨吃鬼与耍碗鬼不肯死心塌地，故教丢谎鬼回去，一面安动家下，一面丢上那等个大谎，弄得两个讨吃的讨吃，耍碗的耍碗。他与丢谎鬼到南京竟做生意去了。原来人心虽如此，天理却不然，报应循环，一点不错。这诓骗鬼寻了一个伙计，是十分厉害，怎见得？

颊似猴腮，鼻如鹰嘴，一副脸通无血色，十个指却类钢钩。宁教我负人，莫教人负我，奇方得自曹操。既已食其肉，还要吸其髓，妙术受于狐精。一点良心，离阴司早已丢下。千般计较，出娘胎敢不稍来？正是要知此物姓和名，四海皆称抠掏鬼。

这抠掏鬼与诓骗鬼做了伙计，及至后来卖得一钱，账上只落五分，不及数个月，竟将五千两本钱抠去一半。那日诓骗鬼查账，见没有许多东西，就问抠掏鬼下落。抠掏鬼抵死不认，诓骗鬼大怒，揪住抠掏鬼就打。不想那抠掏鬼有一般绝招，十个指头就如钢钩一般，将诓骗鬼先抠其皮、后去其肉，登时抠见骨头，呜呼哀哉了。保正甲长，见

第六回　诓骗人反被人抠掏　丢谎鬼却教鬼偷尸

他抠死了诓骗鬼，齐来拿他。他抡起利爪来，抠的个个皮开，人人流血，众人不能擒他，只得到县中来禀。县尹正在堂上，保正上前禀道："某等系地方保甲，有个抠掏鬼将诓骗鬼抠死，某等拿他，他十指如钢钩，将某等抠伤，望老爷速速差人去拿！稍迟恐他逃了，人命关天，带累某等不便。"县尹听了大怒，吩咐两班快手，带值日皂隶，火速拿来。去不多时，只见都抱头而来，县尹问道："怎么你们这等模样？"皂隶道："禀老爷，那抠掏鬼实是厉害，小的们奉了命令前去捉他。他抡开利爪，逢人便伤，触人便裂，小的不能近前。还要老爷调些兵马去擒捉。"县尹摇头道："谅你们三人如何能敌，你们这许多皂隶还未能擒，我想此物必非人类，定是什么妖邪变化的。兵马去也无益，必须你们访一个有法力的高人来禀我，方可除的他。"皂快道："小的们不知有法力的在何处？必须老爷出张告示，或者可有的。"县尹见说的有理，真可出了一张告示：

> 本县正堂某，为除邪逐祟，以救民生事：照得光天之下，难容魑魅横行，化日之中，未许魍魉弄术。是以律有明条，巫师犹将禁止，况显为民害者也！近来本县不能正己化民，竟有抠掏鬼者，具虎狼之心，持抠人一术，心如毒蛇，遇之者家败人亡。手似钢钩，当之者肉枯髓竭。若不早为驱除，势必尽为被害。为此仰合邑军民人等知悉，或有拿妖之术，或有斩邪之勇，或己实不能，而转荐他人，或无此人而求之别县。果能除害安民，本县不惜重赏，务期合力同心，不可自贻伊戚！特示。

告示展挂出来，常言道，无巧不成话，恰好地溜鬼过来。只见众人围着观看，他也挨入丛中，看时是招求法师，要除抠掏鬼的告示。他心里想道："俺如今现知钟馗的下落，何不请他来灭了此鬼，岂不是一功？"算计定了，上前就揭告示，众人问道："你能斩鬼么？"

地溜鬼道:"我虽不能斩鬼,却能请个斩鬼的人来。"于是众人簇拥着地溜鬼来见县尹。县尹升堂问道:"你有何法术可以斩鬼呢?"地溜鬼道:"小人也不能斩鬼,小人知道有个斩鬼的人,他姓钟,名馗,是唐天子封的驱邪大将军,领的一个司马,一个将军,三百兵卒。老爷要除此恶鬼,料想非他不能。老爷只管差人同小人去请可也。"县尹大喜,赏了地溜鬼五十两银子。差了两名快手,跟着地溜鬼飞也似请去了。却说钟馗打发了讨吃鬼等,其时又是中秋天气,金风淅淅,玉露零零,昔颜潜庵有诗为证:

　　金风萧飒楚天凉,人世光阴属自藏。
　　田舍稻炊云子滑,山园霜熟木奴香。
　　雁传归信天何远,虫结离愁夜正长。
　　况是江山摇落候,闲居潘鬓渐苍浪。

钟馗领着阴兵缓缓而来,一路上听了些哀柳啼鸦,凉风惊雁,正行之际,忽有三人拦路跪下。钟馗问道:"汝等有何话说?"一个跪上前来道:"小人是地溜鬼。"钟馗道:"俺专要斩鬼,你怎么敢来?"地溜鬼道:"小人虽名为鬼,却不害人,今日来正要恳求老爷斩鬼。"遂将县尹敦请之意禀上。钟馗甚喜。发付两个快手先回。然后教地溜鬼引路,不到县衙,竟寻抠掏鬼去了。且说那抠掏鬼得了诓骗鬼的东西,将诓骗鬼抠死,又抠了保甲皂快。知道县尹与他不肯甘休,他招了许多会抠掏的小儿鬼,反上鹰鼻山去,做起大王来了。地溜鬼早已知道,引着钟馗竟到鹰鼻山下,小卒报上山来道:"山下有钟馗领着兵将,扎住营寨,口口声声要斩大王。"抠掏鬼大怒,急速齐整,拿了一条鐾银棍,冲下山来。这壁厢富曲出马,舞刀相迎,两个劈了顿饭时辰,不分胜败。抠掏鬼丢了鐾银棍,抢起爪来,向富曲脸上乱抠。富曲遮架不住,败回阵来。钟馗见富曲满脸带血,问道:"怎么这等狼狈?"富曲道:"果然抠得厉害,从来没见此等恶鬼。"钟馗大怒,提剑而出,

第六回　诓骗人反被人抠掏　丢谎鬼却教鬼偷尸

那抠掏鬼又拿了鎞银棍，迎着一场好杀。鎞银棍不离耳畔，青钢剑只在眉峰。那一个说："俺抠掏死诓骗鬼，何干足下？"这一个道："俺奉唐天子命，专来斩妖精。"那一个说："俺弄开十个指头，人人胆战。"这一个道："俺举起这口刀，个个寒心。"那一个说："谁走了不算好汉！"这一个道："谁胜了才算将军。"正是两家费尽千筋力，试看何人立大功？

那抠掏鬼左支右吾，看看遮架不住，弃了棍，抡出爪来。钟馗知道他的厉害，晃了剑，且回本阵。那抠掏鬼又得了胜，竟去了。咸渊道："看他所恃者惟有十指，何不将涎脸鬼的脸戴上，甚是坚厚，他自然抠掏不动，斩他有何难哉？"钟馗道："是了。"忙将脸戴上，又出阵来。那抠掏鬼也不使鎞银棍，但凭十指来抠。不料此物坚厚异常，怎能动得分毫，反将他的指头抠的鲜血长流，不能施展。只得缩回手去。钟馗大喝一声，举剑照头砍来，抠掏鬼无法支持，逃回山上去了。小卒儿见他们的大王逃了，蛇无头而不行，鸟无翅而不飞，也就都四散了。抠掏鬼自料不能得生，关上寨门，点起火来自焚而死。才知他是个闭门子火烧死的人。于是地溜鬼跪下报与县尹，县尹大喜，率领百姓来迎请钟馗。钟馗不好过却，只得来至衙门。堂柱上挂着一副对联是：

百里清风回绿野，一帘明月照琴堂。

其时早已设下筵席，铺设十分齐整。县尹把盏，让钟馗坐了正席，咸渊左席，富曲右席，县尹下席奉陪。捧上戏单，求钟馗择戏。钟馗择了出《关圣斩妖》。戏子扮出来，先是周小官唱一套，次后请将王道士来，王道士书符念咒，念出一个妖精。那妖精竟将王道士打去了。恰好吕纯阳老先生来，看见妖精厉害，焚香稽首又请了关夫子来。县尹看到此处道："今日大人斩鬼，不亚关夫子矣！"钟馗道："大人请俺至此，也就是那吕纯阳了。"咸渊道："富将军可以算得周仓。"富曲道："不然，不然，他将俺抠的满脸流血，只好是王道士罢了。"满席坐的皆大笑。席终，钟馗就要辞去，县尹再三款留，说道："下官有座小园，屈尊大人盘桓数日，也不枉下官敦请一番。"钟馗只得应允。县尹邀进园中，只见极其雅致，宾主坐定。钟馗见天然几上放着两卷诗稿，取来展玩，却是咏秋风、秋月、秋水、秋山四景的绝句，两卷俱是这个题目，且都是一样韵脚，先将一卷从头细玩，那咏秋风的是：

金风潇洒逼窗纱，雁字排空影欲斜。

今夜愀多应有梦，不知吹去到谁家？

那咏秋月的是：

清秋清夜沐秋光，散尽天光桂影长。

愿借仙娥消寂寞，好来窗下舞霓裳。

那咏秋水的是：

丹枫摇落晚烟多，雨后风余细细波。

窃爱澄鲜如俊日，每临秋水忆娇娥。

那咏秋山的是：

白云飞去复飞来，霜叶如花满经开。

最喜谢安高致好，疑逢仙女到天台。

钟馗看毕道："此卷才思虽好，口角轻狂，必放达不羁之士也。"又看那一卷，只见咏秋风的是：

秋日风寒不用纱，街头摇动酒旗斜。

舞弓坐后情犹在，结伴还须咏到家。

那咏秋月的是：

明月逢秋分外光，天香先占一枝长。

嫦娥若肯轻顾盼，脱去蓝衫换紫裳。

那咏秋水的是：

源泉有本水偏多，每到秋来不起波。

第六回　诳骗人反被人抠掏　丢谎鬼却教鬼偷尸

孺子濯缨[1]应到此，岂容盥手映娇娥。

那咏秋山的是：

萌蘖[2]才生人又来，秋山所以少花开。

年来王道无人讲，松柏焉能似五台。

钟馗看毕，掩口而笑道："好个糟腐东西，令人可厌。"县尹道："大人眼力不错，这是下官作养得两个童生，那卷轻狂些的，才思到也看得过，只是做人轻浮，每每纵情享乐，全无中规中矩的气象。"钟馗道："看他那诗，每首后二句，其人便可知矣。"县尹又道："这一卷糟腐的为人，与那个大相反，开口就讲道学，举步但要安详。更可笑者，即出恭之际，犹必整其衣冠，虽冒雨之时，未尝乱其脚步，至于世态人情，一毫不懂，所以同社人送他两个的美号：那一个叫做风流鬼，这一个叫做遭瘟鬼。"钟馗道："只罢了，孔子云，不得中行[3]而与之，必也狂狷[4]乎？中行原是难得的，古今以来，能有几人？"

正说之间，外边传鼓，送进一纸状子来，你道这状子是谁的？原来是丢谎鬼与诳骗鬼自分了银子，他也就做起生意来。买了两个小厮，一个叫做捕风，一个叫做捉影。又与他寻了两个伙计，一个是梁山泊上时迁的祖宗，生的毛手毛脚，惯会偷人，叫做偷尸鬼。一个是战国时祝鮀的后代，生的伶牙俐齿，专一赖人，叫做急脚鬼。这两个自从入了铺子，就打起顺风旗来，偷盗的偷盗，急突的急突。一日也合当起事，这偷尸鬼正将一锭银子往裤裆里塞，恰好教捕风观见，不好当面识破，只得告与主人去了。丢谎鬼尚在疑信之际。过了几日，来到铺中查验，果然没了无数东西，且有许多长支账目。丢谎鬼问急脚鬼道：

---

[1] 濯（zhuó）缨：洗涤系冠的丝带。
[2] 萌蘖（niè）：植物萌发的新芽。
[3] 中行：旧谓行为合乎中道，无过与不及。
[4] 狂狷（juàn）：志向高远的人与拘谨自守的人。

"东西没了大半,怎么还有许多长支账目?"急脚鬼道:"长支是我使了,日后我慢慢还你的,若是不还的,只教半天里马踏死。"说罢摇着扇子,反愤愤不平去了。丢谎鬼见这等光景,待要打他,又怕像诓骗鬼那样子吃亏,前车已覆,不敢再行,只得忍气吞声,回来想道:此事只得到官,于是寻一个代书,筛了几壶好酒,又送了五钱银子,只要写的厉害,以便耸动[1]官府。那代书也不管他是虚是实,问了大概,写成状子,他就递进去。县尹同这钟馗看那状子时,上写道:

告状人,丢谎鬼,为明火劫财,杀人无数事:情因小人一生谨慎,并不妄言,齿积三月有余,得银五千余两。指望创业垂后,以为子孙万代之计,不料命蹇时乖[2],忽有偷尸鬼与急脚鬼者,以狼虎之心,恃鲸吞之术,托名为伙计,实是盗贼。竟于某月某日,明火持刀,尽将家财劫去,窃思财为养命之源,被既劫去,我身必亡,数十性命,一时俱毙。似此罪恶滔天,王章安在?伏乞仁明老爷,速剪元凶,以救良善!倘蒙俯准追获,终身顶感无既矣!为此哀鸣上告。

县尹道:"这状子有些不实,既是伙计,怎么又称贼盗?岂有伙计做明火之事乎?其间必有缘故。大人少坐,待下官问来。"钟馗道:"大人审他,容俺从后听听何如?"县尹道:"如此最好!"于是打点升堂,唤进丢谎鬼来问道:"你这状子可是实话么?"丢谎鬼道:"小人从来不说谎。"县尹道:"你三月有余,怎么齿积五千余两银子?"丢谎鬼道:"其间有个缘故,小人别无他能,唯凭说嘴度日。有一个耍碗鬼与小人相交,小人费了许多唇齿,整说念了三个月,方才骗了他的这五千两银子到手,岂不是齿积么?"县尹听了,已是大怒,又问道:"他两个怎么明火劫财你来?"丢谎鬼道:"他们与小人算账,算的黑

---

[1] 耸动:惊动。
[2] 命蹇时乖:指时运不佳,处于逆境。

了,点起灯来,岂不是明火?他们将小人的银子偷的偷,赖的赖,岂不是劫财。"县尹道:"你说杀人无数,这又有何指实?"丢谎鬼道:"他将小人的银子克去,小人势必饿死。若小人有这银子,娶下几房妻妾,生下几个儿子,再有十数年,儿子娶了媳妇,又生下孙子,一辈传一辈,休说数十,就是数百也未见得?今日将小人饿死,断了种子,是饿死小人一人,就如饿死无数性命一般,岂不是杀人无数么?"县尹见他满口丢谎,恰要打他,钟馗从后大怒出来,手起剑落,早已发付他阴司丢谎去了。县尹见当下就斩了,未免有些惊讶。钟馗道:"大人不必惊讶,这样人杀了痛快。那偷尸鬼与急脚鬼,大人也还得叫来审审,好结此案。"县尹于是抽一支签,差了两名快手,当时把偷尸鬼与急脚鬼捉到。钟馗也就坐在堂上,看他审问。县尹叫上偷尸鬼来问道:"你为何偷盗丢谎鬼的银子?"偷尸鬼道:"小人并没偷,只是暗中拿些东西,不肯教他知道便了。都是他诬赖小人。"捕风、捉影上来道:"小的们原是原告手下的人,小的们亲眼见他偷,老爷不信时,他身边还带的偷上来的东西哩。"县尹急令人搜,果然搜出许多东西。县尹大怒,向钟馗道:"此人何以发放?"钟馗道:"这偷尸鬼都是手不长进,将他双手去了,他再不能偷矣。"县尹道:"大人断的是。"遂吩咐将偷尸鬼双手剁了。又叫急脚鬼来问道:"你如何急赖他的银子,从实说来!"急脚鬼道:"老爷听禀,小人从来不胡赖人,只因使下些长支,小人满口应承,限三限还他,他只是不依,说小人赖他。"县尹道:"那三限?"急脚鬼道:"现有立下文书在此。"于是双手奉上,县尹展开时,只见上写着"头一限:王母娘娘转了汉,若是转了时,再到第二限;第二限:天上明星看不见,若看不见了,再到第三限;第三限:河里鱼儿变成雁,若是变过时,终年不见面。"县尹拍案大怒道:"只等你还不赖他么?"钟馗道:"此人舌头反正不一,只将他的舌头割了就是。"于是也依法行了。县尹与钟馗退堂,合县百姓感戴钟馗除害安民,遂与钟馗立起祠堂来,鸠工庀材[1]建盖不题。

  且说钟馗与县尹闲谈之际,地溜鬼又来。钟馗问道:"汝等又来何干?"地溜鬼道:"小人打探的西边有两个鬼,十分可怜,请老爷安抚去也!"钟馗便辞县尹要行,县尹挽留道:"大人不必性急,过了几日从容去何妨。"钟馗道:"大人盛情,感谢不尽,俺恨不得常常聚首,朝夕领教,但天子命俺遍行天下,以斩妖邪,若只管因循,岂不怠玩朝庭,旷官废职乎?"县尹道:"适才所说之鬼,不过只用安抚,何必劳大人亲往?且劳司马一行,大人在此坐镇便了。"咸渊道:"大人吩咐,俺就去走一遭,主公宽心坐候可也!"于是领了一半阴兵,与地溜鬼去了。钟馗刚刚坐定,只见那蝙蝠又向东飞去,钟馗道:"奇哉!难道东边又有鬼么?"县尹道:"大人何以知之?"钟馗道:"俺这蝙蝠但是有鬼所在,惟他知之。所以俺离他不得,竟是俺一员向导官。如今他向东飞去,东边必定又有鬼也。俺少不的要走一遭了。"县尹道:"此亦不必大人亲往,咸司马往西边去了,再劳富将军往东边去,如何?"钟馗向富曲道:"罢了,大人吩咐,你就去去看如何?"富曲得了钧命,将那一半阴兵,领上去了。这一去有分教:

    小鬼有灾,半夜三更闲拾命,

    钟馗无伴,少靴没帽受灾殃。

要知端的如何?且看下回分解!

---

[1] 鸠工庀(pǐ)材:招集工匠,准备用具。

第七回

对芳樽两人赏明月　献美酒五鬼闹钟馗

诗曰：
　　莫笑拘迂莫恃才，两般都费圣人裁。
　　迂儒未必扶名教，才子还能惹祸胎。
　　好色桥边人不过，贪杯林下鬼偏来。
　　请君但看钟南老，终入迷途事事乖。

　　且按下富曲率领阴兵往东边去的话不题。单表那风流鬼生的秉性聪明，人材潇洒，也吟的诗，也作的赋，虽不能七步成章，绝不至挠腮抓耳，且是风流倜傥，不拘小节。因此四海知名，所以伶俐鬼离了无耻山前来投他，他一见如故，便以兄弟呼之。一日正是八月中秋，东洋大海，推出一轮明月来，清光十分可爱。风流鬼道："今日皓月依人，我们何不请遭瘟鬼来，与他赏月？"伶俐鬼道："赏月虽好，奈非赏月之人，只恐有负清光。"风流鬼道："不然，我们二人对酌，似觉索然，请他来作个弄物，取笑一番，有何不可？"于是便使一个小童请去，许多一会，方才请的来。遭瘟鬼作了揖，向风流鬼道："小弟正乃读书，盛价来请，故不俟驾[1]而来，不知吾兄有何示教？"风流鬼道："小弟见月色甚佳，故邀吾兄同来玩赏。"遭瘟鬼道："吾兄差矣！古人囊萤映雪[2]，尚要读书，如此明月不读书，岂不可惜乎？且是月者阴之精也，有何可玩？若以月可玩，那日也可玩了。吾兄何不携一

---

[1] 不俟驾：指急于应召。
[2] 囊萤映雪：家穷无灯，便用袋装萤火虫以照明读书，借着雪光读书。

壶酒，对了红日赏玩起来。孟子云：月攘一鸡，即以为盗者，尚且不负时光，况我们功名未就之老童生乎？"一席话说的风流鬼两耳听了，便道："吾兄数日不见，益发糟腐至此，人生在世，花朝月夕，不可错过。古人秉烛夜游，正为此耳。兄不闻明皇上元之夜，随了罗公远步入月宫，亲见仙娥素女，舞于丹桂树下，至今传为美谈。我们虽不能如明皇，亦不可辜负了嫦娥的美意！吾兄何其拘也？"那遭瘟鬼呵呵大笑道："这话可谓荒唐之极，而无以复加也已矣！《中庸》曰：日月星辰系焉。这月就如那水晶珠一般系在空中，那里有甚嫦娥？有甚仙女？不过有人弄笔故作是无根之谈耳。所以孟子云：尽信书则不如无书。"风流鬼道："据汝讲来，月是系在空中的了，但不知是麻绳？是铁索？何处缚结？何人拉扯？请道其详！"遭瘟鬼道："兄何不通之甚也！若上天莫有缚处，那女娲氏炼石补天，却从何处补起？这等看来天上定是有人、定是物的，怎么缚系不的？"这风流鬼见他满口酸腐，又欲与他辩白，伶俐鬼捏了一把，风流鬼会的意思，就不言语了。让的遭瘟鬼吃了几杯闷酒，怅怅而回，不料回到家中，不多几日，头上生了一个大疮，脓血并流，流成个深窟。请医看视。医曰："人已糟透顶，不中用了。"果然从此呜呼哀哉。此是后话，表过不提。

且说风流鬼送得遭瘟鬼走了，对伶俐鬼道："好个腐物，倒把我的兴致灭了。"伶俐鬼道："我说不该请他来，此人只须置之高阁，岂可与他共得风月？"风流鬼道："我们不免，乘此月色，闲步一回。"只见一带粉墙，半边一座小门，半掩半开，乃是一座花园，十分幽雅，里边并无人迹。二人看的心痒，慢慢的挨进门去。只见垂杨之下，一湾清水，水上一座小桥，过来桥又是荼蘼[1]架、芍药栏、木香亭、牡丹台。绿荫深处，有一块太湖石，二人坐在石畔，对着月色，照得满

---

[1] 荼蘼（mí）：植物名。

园花枝弄影,楼阁重阴。正在清爽之际,只听的哑一声,二人抬头看时,重墙里一座高楼,楼上窗棂开处,现出一个女子。常言道月下看美人,愈觉娇媚。那女子似有欲言难言、欲悲不悲之状。这风流鬼看见早已一片痴心,魂飞上楼去了。伶俐鬼道:"观此女子情态,绝非端正者,吾兄素有天才,何不朗吟一首,打动他心。"风流鬼真个高吟道:

风微云净月当空,石畔遥看思不穷;

想是嫦娥怜寂寞,等闲偷出广寒宫。

那女子听得有人吟诗,低头看时,见风流鬼仪容潇洒,举止风流,十分可爱,心中就有于飞之愿了。只因碍着伶俐鬼在旁,不好酬和他的诗句。只的微笑一声,掩窗而去。风流鬼已是神魂飘荡,恨不得身生两翼,飞在那女子身旁。伶俐鬼道:"我们回去罢,倘有人来,不当稳便。"风流鬼无奈,只得缓步而行,这一晚捶床捣枕,翻来覆去,如何睡得着,于是又作诗一首道:

寂寂庭阴落,楼台隔院斜。

夜凉风破梦,云净月移花。

魂绕巫山远,情随刻漏赊。

那堪孤雁唳,无赖到窗纱。

次日起来发寒潮热,害起那木边之目、田下之心的病来了。伶俐鬼问道:"吾兄何以至此?想是昨夜冒风了,何不服些药,表一表汗?"风流鬼开言说:"此病非药可治,若要好时,除非昨夜那个美人充当太医……"伶俐鬼笑道:"这等说来,吾兄害相思病乎?"风流鬼道:"那等一个美人,相思焉敢不害?"伶俐鬼道:"吾兄此病,只怕空害了,既不知他姓名,又不知他行径,兄虽如此慕他,这段情你怎么得他知道?"风流鬼道:"我也知是无益,但心中眷恋,终不能释。如果姻缘无分,老兄索我于枯鱼之市,不复再在人世矣。"说罢哽哽欲哭。伶俐鬼暗想道:"这件事我若不与他周旋,真个相思了他,岂不辜负他待我之情了？"于是想了会，说道："兄何不写封书，备陈委曲，弟去送与那美人，或者他怜你嫁你，也不可知？"风流鬼道："人说你伶俐，如何这等冒失？我们与他非亲非故，这书怎么送得，岂不惹祸？"伶俐鬼道："我自有法，必须如此如此，既不教他知我们名姓，又不显我们送书，或有意或无意，自然明白了，何至于惹祸。且昨夜我看他那光景，亦有爱你之意，此去必有好意，只管放心写起书来就是。"风流鬼大喜，道："老弟果然伶俐，所谓名不负实也。"于是欣然写书，展开花笺，磨起浓墨，写道：

  昨夜园林步月，原因潇洒襟怀，敢曰广寒宫里，遂观嫦娥面乎？不意美人怜我，既垂青眼，复蒙一笑，何德何能，爱我至此？天耶？人耶？亦姻缘之素定耶？窃自蒙恩以来，量减杯中，红消脸际，恨填心上，愁锁眉端。无心于耨[1]史耕经，有意于吟风弄月。云重重，尽化成胸中郁结，风飒飒，都变作口内长吁。然昨夜之怜我者，皆今日之害我者也？吁嗟乎！天台花好，阮郎无计可来，巫峡云深，宋玉有情空赋。神之耗矣，伤如之何？伏祈垂念微躯，急救薄命，西厢月下，少分妙趣于张生；银鹊桥边，熟睹芳姿于织女。专望回音，慰我郁结！不宣。外并前诗奉上，以希玉音和我！

风流鬼将书与诗写就，付与伶俐鬼。伶俐鬼买了许多花翠，扮成货郎，依着旧路，走到花园门首，摇着"唤娇娘"东蹴至西，西蹴至东，蹴来蹴去。蹴的美人上楼来了，使梅香叫进园中，要买花翠。伶俐鬼不胜之喜，梅香道："有好大翠，拿一对来，俺小姐要买。"伶俐鬼道："有，有，有！"便将那封书包了一对翠花，递与梅香。梅香拿上楼来，他小姐展开包儿，见是一幅有字花笺，细细一看，却是一封情书，后

---

[1] 耨（nòu）：原意为锄草，在此喻为编写。

附着那首绝句,情知是昨夜那人了。这女子本来有意,又见书中写得字字含情,言言滴泪,如何不动心?于是向梅香道:"我忽然口渴起来,你且烹茶去。"那梅香走开去了,这楼上文房四宝,俱排设得便宜,遂忙取一幅花笺,写成回书,又依韵和诗一首在后面。刚刚写完,梅香捧茶来了。那女子忙将原书藏起,将回书包了花翠,使梅香送与货郎道:"花样不好,再有好的拿来。"伶俐鬼接住一看,见掉了包儿,知是回书,因说道:"花样原也不好,待有了好的,只管与小姐送来就是。"于是伶俐鬼挎着货箱,欣欣而回,进得门来,便高声道:"吾兄恭喜了!"风流鬼正在愁闷,听得"恭喜"二字,精神先长了一半,忙问道:"想是有些意思了?"伶俐鬼笑着将回书取出来,道:"这算不得恭喜么?"二人展开看时,上写着:

　　妾守香闺,一任春色年年,久不着看花眼矣。不意天台之户未扃[1],使我刘郎直入,楼头一笑,遽认凤世姻缘。承谕云云,知君之念妾何深也。明月有意而入窗,谁其隔之者?白云无心而出岫,风则引之矣。既蒙婚姻之爱,愿定山海之盟。家君酷爱才华,郎君善寻机巧!果能绣户相通绮户,自尔书楼可接妆楼。幸勿谓"儿家门户重重锁,春色缘何入得来"也。谨复。外依原韵奉和,并求斧正!

　　问情浓欲本来空,偶会园林计转穷。
　　但愿天上收薄雾,嫦娥方出广寒宫。

二人看他书中之言,无非是要乃翁心顺,风流鬼得移寓园中,就好相会的意思。风流鬼道:"知他乃翁姓甚名谁?如何得他欢喜?"伶俐鬼道:"这有何难?去他那花园左右一问,便知园主,自是他乃翁无疑。他书中说酷爱才华,自然不是遭瘟鬼那样闭门不出的死货,

---

[1] 扃(jiōng):关闭。

定是个问柳寻花、游山玩水的高人。我们打听他往何处游赏,便好去亲近他,凭吾兄这般才华,愁他不爱?"风流鬼道:"全仗老弟周旋,愚兄不敢忘德。"伶俐鬼出去不多时,来回覆道:"访着了。这花园就是乡绅尹缙家的,那女子就是他小姐。"但不知他何日出门?何处去游赏?""待我去打听,有信便来报信。"不想事偏凑巧,刚刚隔的一天,伶俐鬼来报信道:"那尹乡绅今日要到城外东园赏菊,那东园在个僻静所在,地方虽则狼狈,菊花却开茂盛了。兄速装带了笔砚书箱,我扮作书童,先到那里假作读书等他。"于是二人先到东园来了,果然那尹缙傍午时候,骑着一头黑驴,跟着一个小童,挑着一个手盒,携着一壶美酒,走入园来。见风流鬼拿着一本书读,人物生的风流俊爽,那尹缙已是十分欢喜,遂举手道:"老兄在此读书么?此处虽有菊花,地方狼狈。"风流鬼道:"聊以避俗而已。"那尹缙拣一块干净地方坐下,一双眼只顾看风流鬼,伶俐鬼拿出一把扇子来,向风流鬼道:"求相公替小人画画。"风流鬼道:"你要画什么?"伶俐鬼道:"就画菊花罢。"风流鬼展开扇子,几笔画就,递与伶俐鬼了。尹缙道:"借扇一看。"伶俐鬼连忙奉过去。尹缙接在手中,见画得老干扶疏,不比寻常匠作,满心欢喜道:"王维不能及也!"伶俐鬼又拿过来向风流鬼道:"相公既已画了,再题上首诗才好。"风流鬼恃着才华,不慌不忙,将扇子那面写起。尹缙见运笔飞舞,又不假思索,便走过来接看,高声念道:

群芳落后灿奇葩,潇洒疑同处士家。

自画自题还自赏,时将青眼对黄花。

喜得那尹缙满口称赞道:"王摩诘诗中有画,画中有诗,今古称之,谁不谓当世又有此一人也!"于是问了姓名,便邀在一处,饮酒中间,尹缙道:"老夫有一小园,颇觉清雅,足下不弃,早晚移来那边读书,老夫也得朝夕领教。"风流鬼连忙起来打恭道:"谬蒙先生错爱,但恐搅扰不便。"尹缙道:"说那里话,你我就如一家了,何消见外!"风流鬼谢了坐下。尹缙又问了些古今事迹,见风流鬼对答如流,喜之不胜。须臾夕阳在山,各自散回本家。尹缙又叮嘱移来之话,先骑驴去了。然后风流鬼与伶俐鬼欢喜而回。次日早起,打扮的靴帽光鲜,写了一个晚生帖子,竟到园中来。尹缙接着大喜,就安在三间亭子上,做了书房。这风流鬼何尝有心读书,每日只在重墙边走来走去,一日走在太湖石畔,拾得一条汗巾,抖开看时,上边写得绝句一首:

　　自从消瘦楚王腰,盼得人来慰寂寥。
　　今夜月明堪一会,莫教秋水溢蓝桥!

　　风流鬼如拾得活宝一般,连忙藏在袖中。眼巴巴盼望金乌西坠,玉兔东升,看看到了黄昏时候,宿鸟惊飞,花枝弄影,绿荫深处,那女子冉冉而来。风流鬼远远望见,喜之不胜,正欲上前相迎,谁想好事多磨,忽有一个皂隶闯入园来,道:"相公果然在此,老爷有要紧话讲,立等请去。"那女子见有人来,闪入角门去了。风流鬼对皂隶道:"我身上有些不快,明日早去罢。"皂隶道:"使不得,老爷吩咐定要请去相公,我不敢空回。"风流鬼无奈,只得随着皂隶见县尹。县尹道:"有一位钟大人,见了你的诗稿,心中喜悦,今日要与你相会相会。可随我到花园中来。"

　　风流鬼到了园中,拜过钟馗,县尹命他侧坐了,钟馗见他举止潇洒,却也喜欢,只因他那鬼名载在簿子上,未免喜中不足,倒也还没有个就斩他的心。县尹立起身来,对风流鬼说道:"你陪钟大人坐,我有桩公事去办办就来。"说毕话,就去了。钟馗与风流鬼谈论些诗文,风流鬼虽然心不在焉,也只得勉强对答。钟馗又言及他诗稿道:"足下才情虽好,只是微带些轻薄气象,犹非诗人忠厚和平之意。如今欲求面赐一章,不知肯不吝金玉否?"风流鬼道:"老大人吩咐,敢不应命!但不知何以为题?"钟馗想了一想道:"就以俺这部胡须为题罢。"那风流鬼满肚牢骚,便就借此发泄,随口吟一律道:

君须何事这般奇？不像胡羊却像谁？

雨过当胸抛玉露，风来满面舞花枝。

要分高下权尊发，若论浓多岂让眉？

拳到腮边通不怕，亏他遮定两旁皮。

钟馗听了大怒道："小小畜生，焉敢出言讥俺！"提起剑来就要诛他，那风流鬼冉冉而退，钟馗随后赶来，赶到牡丹花下，忽然不见。钟馗左右追寻，并无踪影，惊讶道："难道钻入地中去了？若然则真一鬼也。"于是令人去掘，果然掘出一副棺材来。棺上题着"未央生之柩"五字。钟馗道："怪道他举止轻狂，原来是此人所化。"这里叹息不提。县尹闻之亦骇为异事。

且说伶俐鬼听着风流鬼死了，大哭一场，说道："我向日见愣睁大王无能，涎脸鬼不济，故来投他，以为得所托耳。不料他又被钟馗逼死，我当替他报仇才是。"于是就做起那延揽英雄的事业来。一二日内就招得四个鬼来，一个叫做轻薄鬼，生的体态轻狂、言语不实，最好掇乖卖俏；一个叫做撩乔鬼，极能沿墙走壁，上树爬山，就如猿猴一般；一个叫做消虚鬼，一个叫做的料鬼，也都是撩蜂踢蝎，吹起捏塌之辈，连自己共凑成五个。伶俐鬼问他四个道："你们知道抠掏鬼与丢谎鬼死的缘故么？"众鬼道："只因他两个抠掏丢谎，所以被钟馗斩了。"伶俐鬼摇头道："不然不然，皆因他们尊号上有那个鬼字，所以钟馗才来斩他。这钟馗是专一寻着斩鬼的，我们不幸也都是这个鬼号，岂不都在他斩伐之列么？"消虚鬼大惊道："如此我们何不逃之夭夭？"伶俐鬼道："可不，我们若这等闻风而逃，岂不惹人笑话？我打听他那咸司马、富将军都不在他身旁，县尹今日又与尹乡绅家吊丧去了，吊了丧还要去城外去，有甚查验的事体，一二更方可回来。钟馗独自一人闷坐，我们扮成县中衙役去鬼混他一番，有何不可？"撩乔鬼问道："尹乡绅家有何丧事？县尹去吊？"伶俐鬼道："你不知道,只因敝友风流鬼与他小姐有约,他小姐听说敝友死于县衙,也意抑郁而死了。所以县尹去吊。"消虚鬼道:"那钟馗我们与其鬼混他,只不如将他杀了,永绝后患。"伶俐鬼道:"使不得!我们杀了他,他那咸司马、富将军回来,怎肯甘休?我们只宜用酒灌醉他,偷剑的偷剑,脱靴的脱靴,弄的他精脚不能走路,空手不能杀人,岂不妙哉?"于是买了一坛美酒,五个人俱扮成衙役,竟到园中来。钟馗正在松树下独坐,见他们进来,问道:"你们何干?"伶俐鬼道:"小的们见老爷闷坐,沽得一杯水酒,与老爷解闷。"钟馗道:"这等生受你们了。"于是将酒用荷叶大杯奉上,唱的唱,舞的舞,笑的笑,跳的跳,把个钟馗劝的酩酊大醉。伶俐鬼道:"吃酒热了,将靴子脱了,凉凉脚何如?"钟馗伸出脚来,消虚鬼与伶俐鬼一人一只,脱得去了。的料鬼偷了宝剑,轻薄鬼偷了笏板,撩乔鬼爬上松树,手扳着树枝,伸下足来,将纱帽夹去,藏了。弄的个钟馗脱巾、露顶、赤脚、袒怀,甚是不成模样。所以至今传下个五鬼闹钟馗的故事。

消虚鬼与伶俐鬼一人拿着靴一只,往外正走,恰好富曲领兵回来。消虚鬼见了吓得屁滚尿流,就要逃走。毕竟伶俐鬼有见识,说道:"莫慌跟我来。"于是故迎着富曲走。富曲认得是钟馗歪皂靴,大喝道:"这是钟老爷的靴,你们拿得往那里去?"伶俐鬼不慌不忙说道:"蒙钟老爷诛了抠掏鬼与地方除害,百姓们顶感不过,如今与钟老爷建起祠堂,恐钟老爷早晚要行,着小人脱靴供奉,以留遗爱。"富曲听了想道:"言虽有据,事属可疑。"说道:"你们且不要走,随我到园中见过钟老爷,然后再走。"消虚鬼闻言,大惊失色,伶俐鬼正欲支吾,消虚鬼已是慌忙逃走。富曲大怒,令阴兵齐锁住,牵进园中去。只见的料鬼拿着那口宝剑,左五右六的乱舞,富曲喝了一声,那的料鬼丢下就跑。富曲赶上一刀斩了,唬得那轻薄鬼举着笏板,只管叩头乞命。富曲手起刀落,也就挥为两段。及至走到钟馗面前,却是酩酊大醉,斜头洗足,不省人事。富曲大怒，将消虚鬼剁为两段，伶俐鬼摘及心肝，方才与钟馗穿上靴，扣上带，只是不见软翅纱帽。正在四下搜索之际，却好咸渊也来了，问其所以，富曲说了详细，道："只是纱帽不知何处去了？"咸渊周围一看道："要寻纱帽，多分在松树上边。"撩乔鬼正在叶密的所在藏着，听得此言，便就打颤起来，将树枝乱摇得响。富曲看时，撩乔鬼戴着纱帽，在树上打颤哩。富曲手挽雕弓，一箭射将下来，撩乔鬼死于非命，取纱帽与钟馗戴上，方才酒醒，二神将适间光景就说了。钟馗未免赧颜[1]，这正是：

长松树下，众小鬼戏弄科头汉。

后花园内，二使者整理赤脚人。

要知咸、富二神诉说东西两边斩鬼的事务如何？且听下回分解！

---

[1] 赧（nǎn）颜：羞惭脸红，惭愧。

第八回

悟空庵懒诛黑眼鬼　烟花寨智请白眉神

词曰：

多愀多害，寸心无赖，求天助水或成渠，靠地扶沟难吸海。

家贫须耐，家贫须耐，你若是赌胜争强，惹祸招灾，终久有安排。

少不得再整诛邪手，重施灭鬼才。

话说咸、富二神，诛了五鬼，扶醒钟馗，其时县尹方回衙内，询知其详，又问二神前去斩鬼之事。咸渊道："承大人与主公之命，到了西边，原来是个心病鬼，他因偶过太华山，见层岩峭壁，高插云天，山下有华阴庙宇并许多居民。他动了一点不忍之心，恐山塌下来压坏居民庙宇，终日愁眉不展，面带忧容，看看病入骨髓。小神也不用人参、官桂、附子、良姜，只与他一服'宽心丸'，也就好了。"钟馗道："如此怎么耽延许多日期？"咸渊道："小神治好他，便急急回来，路上又逢着一个，这个鬼益发可怜，住着半间草庵，并无家伙在内，头上戴着开花帽，身上穿着玲珑衣，家无隔宿之粮，灶无半星之火。更可怪者，到一家一家就穷，走一处一处就败。因此人都唤他做穷胎鬼。那些粗亲俗友，都不理他，甚是可怜。"钟馗道："如此破败人家，也就该诛了。"咸渊道："诛不得，他虽如此，相交的却是一般高人，伯夷、叔齐、颜子、范丹，皆与他称为莫逆。唯有钱神可恶，终年价不肯见他。因此他做篇《祭钱》文，小神爱他做的好，抄稿儿在此。"遂取出来与钟馗、县尹看，上写道：

呜呼钱兮！君其怪我耶？何终年未睹其面耶？君其畏我

耶？何一见而辄去耶？我知之矣，念予赋性恬淡，致行孤洁，无狠毒之心，无奔波之脚，无媚世之奴颜，无骗人之长略。因致子之无由，故交予之不屑。况尔形虽圆，其性甚坚，尔心虽方，其党动千，安肯伈伈睍睍[1]，俯首降心，以从我耶？

呜呼钱兮！君其不来，其如我何？寒则待子而衣，饥则待子而食，亲友待子而交游，负欠待子而补窟。子既不屑以下交予，予又安得不伈伈睍睍，俯首降心以招子乎？闻君爱饮者白酒，爱啖者鸡蛋，今则有酒盈樽，有蛋在豆。爰裁短文，以祭之曰：维我钱神，内方外圆，像天地之形体，刻帝王之宝号。非富贵而不栖，非勤俭而不到。羡文皇之贯朽珍重故来，嗟武帝之空虚侈情便耗。爱子有势，爵禄可致。须动而诣者，立至非子而谁？举足而侍者，侯门舍君奚至？然则君之为用大矣哉！今者予实维艰，披诚切诉。改阮籍之白眼，对子垂青，化嵇康之傲骨，逢君不怒，韫椟[2]而藏，愿求贮于千年，用之则行，期相逢于异日。我欲常常而见子，子其源源而来！惟鉴此日之殷勤，莫计从前之疏忽！须臾祭毕，倦而偃，外有黄衣人揖予而言曰："子果改弦而易辙，吾且引类而呼朋矣。但子仁义尚存，廉耻未去，无入门之法奈何？"予怡然悟，豁然醒，念仁义之难忘，知廉耻之必顾。起视其酒，酒尚盈樽，再视其蛋，蛋犹在豆。予将醉饱以乐天，君唯唯而退后。

钟馗对县尹道："果然做的好！"遂问咸渊道："此人你又以何法治他？"咸渊道："小人欲与他请医人，医他这穷彻骨的病症。奈如今庸医多，明医少，还是小神量其病势，察其浮沉，与了他两剂'元宝汤'，也就好了。"钟馗大喜道："'元宝汤'奇方也！世医那里晓得？"

---

[1] 伈伈睍睍（xǐn xǐn xiàn xiàn）：小心恐惧的样子。
[2] 韫（yùn）椟：包含在匣子中。

又问富曲道："他治的如此，你斩的何如？"富曲道："小神所斩之鬼，与司马所治之鬼，大不相同。这东边鬼名为急急鬼。"钟馗道："名色便奇，你且说他本事如何？"富曲道："那日小神领兵前去，还未安营下寨，他就杀来，只的与他交战，战了一日，未分胜负，各归营垒，少停一刻，不戴盔，不穿甲，点起火把，又来夜战，俺二人就如张翼德与马超一般，杀了半夜。他见杀不过俺，竟气的一头撞死了。"钟馗道："怎么这等性急，真所谓急急鬼也。"富曲道："这个还不算奇，又有一个甚是异样，俺自阅人以来，见够千千万万，从未见他那等个异眼。他黑眼也就够了，又跟上两个伴当，一个叫做死大汉，一个叫做不惜人，都是一般绝顶黑的。"钟馗道："这想来必定就是簿子上所载的黑眼鬼了。你怎么斩他来？"富曲道："小神见他黑眼异常，脸也掉不过去了。这怎么斩得他？所以领兵回来。"钟馗变色道："岂有此理！昔日孙叔敖见两头蛇，犹恐伤人，还要斩而埋之，况此等鬼惹得人人黑眼，个个攒眉，汝何竟轻轻放过？"说的个富曲满面通红。钟馗道："罢了，俺明日去。"次日起早，点起阴兵，辞了县尹，县尹与百姓直送到十里之外，方才回去。

这钟馗往东浩荡而来，远远望见一座小庵，钟馗问道："那是什么所在？"富曲道："叫做悟空庵，小神前日曾里边住过。"咸渊道："悟空庵想是取色即是空的意思了。"须臾到了庵前，钟馗下了白泽，进去观看，果然好一座庵！有诗为证：

红尘飞不到，钟磬雅弥陀。

古柏倚丹鹤，苍松挂碧萝。

人来惊犬吠，客至遣鹦哥。

曲径通幽处，深藏女色多！

原来这庵中住持，就是色中饿鬼。若论他的"本领"，倒也跳的墙头，钻的狗洞。正所谓舟车并至，水陆齐行，不分前后，不论南北者也。

钟馗见他举止轻狂,就知道不是正经和尚,只是一心在黑眼鬼身上,且不暇理论他。就在庵中宿了一晚,次日整动阴兵,要与黑眼鬼厮杀。那黑眼鬼亦领兵来应战,戴一顶乌油盔,穿一领乌油甲,拿一柄流星锤,骑着一只挨打虎。左有死大汉,右有不惜人。钟馗看了他一眼,回顾对富曲道:"我错怪你了,此人真个黑眼异常,我也不欲诛他。"富曲道:"小神试与他战上几合,看何如?"于是手提宝剑,冲出阵来,那边不惜人出马,两个战未三合,富曲终是不待见他,拨马而回。他只当富曲败了,随后赶来,富曲按了宝刀,拉满雕弓,回身一箭,正中咽喉,死于马下。黑眼鬼见不惜人死了,心中大怒,便要出马。死大汉道:"主公息怒,看看区区去杀。"黑眼鬼道:"你怎么称起'区区'来了?"死大汉道:"我干大模样儿,岂不是个'区区'!"说毕,拿一根酸枣棍,步出阵来。钟馗舞剑相迎,未及一合,将死大汉当腰一剑,砍倒在地。正是:

<blockquote>站到阵前八尺高,跌倒尘埃两截腰。</blockquote>

钟馗斩了死大汉,方欲回阵,后边一声高叫:"黑眼鬼来了!"钟馗回头一看,黑眼鬼且不论五官不正,四体歪斜,只那一副性情,也与人个别。人说好他偏说歹,人说长他偏说短。遇着斯文人,他故意显些粗疏,遇着豪侠人,他故意假充经纪。且本不通文,偏要满口书袋,本未贸易,偏要假装精细。正所谓好人之所恶,恶人之所好,自以为士居之矣。钟馗本不待理他,无奈勉强交接,战了一会,钟馗道:"俺委实嫌你黑眼,不战了,饶你去罢。"那黑眼鬼听说嫌他黑眼,他随时使出神通,将身缩小,竟往钟馗眼里直钻,竟钻入去了。疼的钟馗满眼流泪。富曲看见大怒,要使剑往出剜他。咸渊道:"古人云:投鼠忌器,剜他恐伤主公眼睛,我们只得恳他便了。"于是跪在地下,祝赞道:"黑眼鬼,黑眼鬼,再不敢与你赌胜争强,再不敢与你争锋对垒,但愿你不来理俺,俺也再不敢惹你。任你纵横施为,还买只公

鸡谢你。"祝赞的黑眼鬼满心欢喜,一个筋斗出去了。钟馗揩了眼泪,说:"此黑眼怎生是好?还须司马想一妙计制他!"咸渊想了一会道:"行兵须要天时地利人和,今之计,地利人和俱用不着,只是要讲天时。"钟馗道:"天时怎么讲?"咸渊道:"天时不过是相生相克的道理。他既叫做黑眼鬼,我们须以白制黑,以眉压眼,以神伏鬼方可。由此论来,须得一位白眉神降他才好。只不知这白眉神是何职分?何处居住?"钟馗道:"马氏五常,白眉最良,这白眉神想是马良了。"咸渊道:"也还未必,是主公须出一号令,教阴兵们暗暗四下访问,自有下落。"于是号令阴兵不题。

且说那低达鬼自从钟馗罚了他与阴兵们吮疽舔痔,时刻不敢离,这日只见一个阴兵说道:"老爷有令,教我们访白眉神住处,这倒是个难题目。"低达鬼问道:"访得白眉神何干?"阴兵道:"不知访得怎甚?只是要得甚速,且说访着了还有赏。"那低达鬼道:"这话是真的么?"阴兵道:"现今有令,怎么不真?"低达鬼心中想道:"我举出白眉神来,他说有赏,或者因我有功劳,放我出来升我一级,做个内科太医,不又情高些?"主意定了,遂对阴兵道:"这白眉神我知道他的住处,你引我见了钟老爷说个详细好去寻他。"那阴兵连忙引低达鬼到庵前,进去禀道:"低达鬼知道白眉神下落,现在庵外伺候。"钟馗听见大喜,叫进去问道:"你果然知道白眉神么?"低达鬼道:"小人知道。"钟馗又问道:"他是何等出身?"低达鬼道:"他的出身,小人未查问,只是小人当日跟着讨吃鬼在柳金娘家里,我见他供奉着一尊神道,眉是白的,小人问是何神道?他说是他祖师白眉神。因此小人知道在柳金娘家住。"钟馗道:"既这等,你就引着司马去请,但他不过是供着一尊像,却怎么个请法?怎么个用法?"咸渊道:"既有供像,必有灵气,苟有灵气,自能运动。待小神到那边问明来历,作一篇祭文请他,请他那灵气来,自然中用。"于是引了数十个阴兵,低达鬼引路竟往烟花寨去了。其时又是初冬时候，但见：

　　黄菊残枝，白眉舒蕊，森森孤松当道，青青瘦竹迎人。板桥边流水作成冰，山头上树枝尽脱叶。

正行之际，飞飞扬扬，下将一场大雪。怎见的：

　　初如柳絮，继似鹅毛，扑面来，人眼昏花，满道堆，马蹄滑溜。楼台殿宇，犹如银粉装成，草木山川，尽是玉尘铺就。富贵家红炉暖阁，浅斟美酒充寒，贫穷汉少米无柴，呼怨苍天凛烈。寒儒读麟经，不用张灯，韵士煮雀舌，何须甜水。

正是：

　　纷纷鳞甲满空飞，想是天边玉龙斗。

咸渊道："如此大雪，我们不论庵观寺院，借杯茶吃避避寒冷才好。"低达鬼四下一看，满眼迷离，那里看得出庵观寺院来？只得往前又走，走够半里之遥，方是一座小小庙宇。阴兵上前叩门，里边走出一个道人来。阴兵道："师父，我们是过路的人，因天气寒冷，我们主人要借杯茶吃。"那道人睁圆怪眼。大怒骂道："你走路也要有个眼睛，我这里又非茶酒肆，我又不是你们的奴才庄客，怎么问我要起茶来？老爷是你们应行的不成？"这咸渊终是个斯文出身，听见他骂有些没趣。笑道："无茶就罢了，何必发怒？"那道人越见人软，他越硬起来了。一跳一丈的怪骂，旁边看的人有些不忿，对咸渊说道："客官你不知他脾胃，他叫做发贱鬼。只知轻不知重，只管打起来，他就软了。"咸渊此时也忍不住怒气，便令阴兵将他缚在柱上，足踢手打，他果然软，连忙赔告道："老爷饶了小人！休说是杯茶，就是饭也有，只管着小人伺候就是。若伺候不好，再打不迟。"咸渊笑道："真所谓发贱鬼也！"遂吩咐解放下来。那发贱鬼连忙叩头谢了，请到房中，先是松萝好茶，茶毕，又是香油面茶，细面薄饼，曲尽殷勤之态。咸渊只得扰了他起身，他还送出十里之外方回。自此微知轻重，稍不发贱，这也是咸渊教训之一功,按下不题。

且说柳金娘,自从接了贾知府的儿子,只说是呆头公子,肯撒漫使钱,不想悭吝异常,半月有余只赏了两匹小绸,三两银子。柳金娘倒又想起讨吃鬼与耍碗鬼起来,后来听得他俩穷了,方才不想。这一日正在门上闲望,恰好低达鬼走来,柳金娘问道:"你一向在何处,面也不见见儿?"低达鬼道:"有一位钟老爷,我一向跟着他,他教我引一位司马爷来请你家白眉神,我先来报你知道,你要小心伺候,不可怠慢!"话犹未了,咸渊已到门首,下马进去,坐在庭中。柳金娘过来叩头,咸渊道:"你家有白眉神么?"柳金娘道:"上边供奉的就是白眉神。"咸渊扬起幔子看,果然一尊神像,两道白眉。咸渊又问道:"这尊神是何出身,在生时姓甚名谁?"柳金娘道:"小妇人也不知其详,只听得当日老忘八说是柳盗跖。"咸渊点点头,发付柳金娘去了。一面吩咐阴兵购办祭品,一面做起祭文来,到次日清晨,陈设品味,即读祭文道:

> 维神春秋豪杰,周末英雄。不王不帝,非伯非公。以和圣而为弟,以大贤而为兄。习成武艺,不乐斯文。当日临潼斗宝,敢来劫路行凶,诸侯闻之而胆战,众将见之而心惊。孔仲尼不能教化,秦穆公伏尔峥嵘。子胥之钢鞭颇畏,秋胡之巧舌难伸。暴横之世,千载为神,生前不甘淡泊,死后享受无穷。多见些油头粉面,饱看些绣袄红裙;老忘八杂记夺目,小粉头唱曲钻心。广吃些粉汤烧饼,常听些琥珀弦筝。兹者有事以干渎,所望听我而显灵!尔作当年冯妇,我作昔日陈臻。黑眼鬼猖狂难制,白眉神本领素钦。伏惟速施豪杰之气!渐离花柳之丛。果其如响而应,尚其来格以歆[1]!

---

[1] 歆:羡慕。

刚刚祝毕,那白眉神竟跳下来道:"司马请我何干!"咸渊道:"就是适间祝文中所言之黑眼鬼,敢劳足下诛之!"白眉神道:"俺放着受用之地,何其潇洒,又岂肯做那下车冯妇耶?不去不去。"咸渊仰天大笑,往外就走。白眉神扯住道:"司马何所闻而来?又何所见而去?"咸渊道:"俺闻所闻而来,见所见而去。"白眉神道:"愿司马教我!"咸渊道:"闻将军之名,如雷贯耳,今见将军,不过花柳中人,哺啜[1]中人耳。不足有为,是以去也。"原来这白眉神受不得人激,暴跳起来道:"你敢量俺不能诛黑眼鬼么?"咸渊道:"但不为耳,非不能也。"白眉神于是整动盔铠,提了宝刀,与咸渊并马而来。进了悟空庵。钟馗降阶相迎,说道:"有劳大驾!"彼此谦让坐定,白眉神问道:"那黑眼鬼怎生模样?"钟馗道:"难以形容,将军到阵前便见。"于是白眉神骑了马,钟馗骑了白泽,并立阵前,使阴兵骂战。那黑眼鬼骑着挨打虎出来。白眉神看了看道:"如此而已,何足为奇。"钟馗道:"如此黑眼,将军犹以为平常耶?"白眉神道:"俺在娼家门中,见那些乌龟们享赛,舞草鞭吹胡须,搽红抹黑。姐儿们俊的还好,那些丑的他也要噘嘴上抹了胭脂,疤脸上盖了铅粉,把脚上穿了花靴,扭腰撒胯,备极丑态。偏是那般子弟们偏要喜他。打他以为亲,骂他以为爱。离别之时,还要三行鼻涕两行泪,学才子佳人的模样。这些黑眼俺看得蹊熟,何况他区区一鬼乎?"钟馗道:"将军不嫌他黑眼,便容易诛了。"白眉神舞刀出马,黑眼鬼举锤相迎,战了数合,黑眼鬼气力不加,只得弃了锤,跳下挨打虎来,将身一缩,往白眉神眼里直钻。不想白眉神的眼是白蟠蟠两只磁眼,钻不进去。其挨打虎已被富曲打死。黑眼鬼无法,提了锤逃回洞去了。手下兵卒,各自逃散。白眉神领阴兵取些柴草,将洞口烧起来,那股烟咕嘟嘟冒入洞中去,黑

---

[1] 哺啜:饮食;吃喝。

眼鬼存身不得，跳将出来，此时黑眼已变成个红眼鬼了。白眉神将他脖项用麻绳套定，交与阴兵看守，与钟馗回至庵中，排起庆贺筵席，钟馗问道："将军不杀黑眼鬼，留他何用？"白眉神道："俺自春秋以来，至于今日，烟花人家，家家钦敬，大小奉祀，竟如祖宗一般。俺无以为报，如今将此黑眼鬼捉去与他作手下人，也算得俺一份人情。"钟馗道："将军在春秋时，何等英雄，为何不树功立名，封妻荫子？反受此烟花供奉，岂不有玷将军乎？"白眉神道："和尚无儿孝子多，那些粉头水蛋，就是俺的儿女，每日享他们的供献，受用无比，何必巴巴结结为儿孙作牛马乎？"钟馗道："如此说来，将军竟男盗女娼乎。"白眉神变色道："是何言也？"于是起身牵了黑眼鬼，交与忘八家捞毛去了。这正是：

　　黑眼鬼从新得所，白眉神到底甘心。

　　要知后事如何？再听下回分解！

第九回

喜好色潜移三地　爱贪杯谬引群仙

词曰：

　　劝尔莫贪花，贪花骨髓灭！劝尔莫恋酒，恋酒肠胃冽！肠枯髓竭奈如何？哀哉无计躲阎罗！我今悟得长生诀，特请钟馗斩二魔。

话说白眉神牵得黑眼鬼去了。钟馗见蝙蝠不动，也就且停在庵中。咸渊看些六韬、三略，富曲演些弓马刀枪。钟馗无事，在庵中各处随喜，看那些白衣大士，送子张仙，游到殿后，见一座小门，用锁锁着。钟馗力大，取那锁时，应手而落，于是推开门进去，曲曲折折，竟走够半里之遥，方是一个小院，三间禅室，甚是清雅。揭起帘子，正面一张金漆条桌，铜炉内焚降香，瓶里插着稀稀的几枝梅花，清香扑鼻。东边一座衣架，上搭着袈裟。西边一张藤床，上挂着纱幔。墙上一轴雪景山水画。钟馗正观看间，那雪景画轴忽然张起，伸出一个妇人头来，见了钟馗又缩进去了。钟馗心里已是明白，掀开画轴，一个小小洞门，往里看时，又是一座房屋，里边积聚数个妇人。钟馗道："我已识破，还不出来等甚！"那些妇人见钟馗威风凛凛，先已胆落，那里还敢躲避，都出来跪下。钟馗问道："你们在此何干？"那些妇人战战兢兢，不敢回答，一个胆大些的，跪上前来，说道："小妇人们俱是这庵中和尚收揽，也有竟作佃户的，名为佃户，实嫁和尚。也有烧香施舍的，名虽行善，实图欢乐。也有饥寒所迫的，名虽周济，实来还账。也有逃荒出去的，本为避难，实图混水。日积月累，所以积聚了这许多。

此是实的,望爷饶命!"钟馗道:"如此那秃厮往那里去了?"那妇人道:"他将小妇人们窝藏在此,不分昼夜,轮流取乐,心犹不足,又在外边勾搭上许多私窠子[1]、小伙儿,许久不回。丢的小妇人们七颠八倒,在此替他守节。老爷见他时,劝劝他,不可教南枝向火北枝寒!"钟馗听了大怒道:"这样一伙淫妇,要他们何用?"于是一剑一个,竟都杀了。正是:

悟得空时原是色,谁知色后又归空。

钟馗斩了众妇人,坐在床上恨道:"必须除此秃物!"正愤愤之际,地溜鬼来了,见杀死许多妇人,情知是色中饿鬼浑家。对钟馗说道:"这鬼是色中饿鬼,得落脚处老爷好去斩他。"说毕出了庵,穿了几街巷,见个小和尚坐在一家门首敲只木鱼诵经。地溜鬼细听时,却不是经,模模糊糊像些"俏冤家""王大娘"之类。地溜鬼问道:"你在此化斋吃么?"那小和尚不答应。地溜鬼心中想道:那色中饿鬼定在此间,这小和尚是替他观风的了。正打论间,那小和尚去出恭,地溜鬼乘空溜进去听。

这色中饿鬼与那私窠妇人,混账了一个时辰,方才云收雨散。妇人问道:"你晚上还回庵中去么?"色中饿鬼道:"庵中住着钟馗,甚是不方便,我就在这里歇罢。"于是又饮了几杯酒,抱头交股而睡。地溜鬼听了个明白,溜将出来,此时正是黄昏时候,那小和尚只顾打困,不曾看见。地溜鬼飞走出来,报与钟馗,钟馗也不领兵,也不骑白泽,提了宝剑,跟着地溜鬼竟往那私窠妇人家来。小和尚不肯放入,钟馗使地溜鬼用索子牵回庵中去。钟馗推那门时,却是虚掩,只得闯进去,大呼道:"秃驴贼在那里?"唬得那妇人赤条条跳下地来,不敢作声。钟馗不见和尚,因问道:"秃贼躲在何处去了?"妇人跪下道:"适才

---

[1] 窠(kē):指人安居或聚会的处所。

还与小妇人宿，他又想起小伙儿来，说去顽顽就来。"钟馗大喝一声，将妇人杀了。想道说他就要回来，我不免在此等着。钟馗刚刚坐下，那色中饿鬼果然来了。一面往进走，一面口中说道："亲亲你睡着了么？我还有兴，与你再顽一顽。"钟馗也不作声，等他进来，举剑就砍。那色中饿鬼吃了一惊，回身就跑，钟馗紧紧赶来，正赶之间，扑通一声，将钟馗跌倒在地。正是：

　　触天怒气高千丈，扑地肥躯跌一堆。

原来是醉死鬼吃醉了，睡在街上，黑地里将钟馗绊了一跤。因这个空儿，那和尚竟脱身去了。钟馗起来仔细看时，是一个醉汉在此躺着，曾有个《驻云飞》形容的醉汉好！

　　闲日摇头，一股顽涎往外流，哇的吐一口，都是馍馍肉。

嗏，好一似狗吐着酥油，难消难受，反复翻肠，不怕尘和垢。

量小缘何揽大瓯？

且说醉死鬼绊倒钟馗，钟馗爬起来又要赶那和尚，却被醉死鬼一把拉住，口里喃喃呐呐的骂道："你是什么人，敢踢老爷这一脚？"钟馗待要杀他，是个醉汉，只得说道："俺姓钟，你待怎么？"醉死鬼说道："你是大盅是小盅？大盅也不怕，小盅也不怕。"钟馗道："快放手！俺要杀人。"醉死鬼道："你要掷骰儿么？俺就一点一盅买上，任你要顽什么，俺都会。"钟馗急得暴跳，他只是不放。钟馗伸起拳打他，醉死鬼道："你不掷骰，要划拳么？"于是三呀、五呀的，喊天叫地，闹个不了。钟馗又恼又笑，只得尽力撒开，回到庵中，带过小和尚来问色中饿鬼的下落。小和尚道："小僧委实不知，小僧原在灰葫芦山草包营愣睁大王手下，倒也言听计从，不想来了个乜斜鬼，与他气味相投，情性契合，他又嫌我这奸鬼不好，因此心怀不忿。闻得老爷到此，指望投了老爷，引兵剿除了他。我那山中大王来时，老爷正与黑眼鬼厮杀，黑眼鬼钻入眼中，老爷没法，我就起了别图之念。忽然遇着色中饿鬼他肯留我,一者想受他些产业,二者想谋他的老婆,所以与他做了徒弟。今日他便混账。我便观风,此是实情。至今他的下落,委实不知。"钟馗道:"你既托身于他,就该始终如一,奈何反面事人,其罪一也;既来投我,又迟回观望,其罪二也;及至那秃贼收你,又要谋他产业老婆,其罪三也。非奸鬼而何?"说毕一剑斩了。忽听庵外呐喊摇旗,似有千军万马之状,阴兵报道:"一群醉汉,不计其数,竟将庵门围了,为头的自称醉死鬼,要与老爷见阵。"咸渊道:"此辈无大过恶,诛之可不胜诛,待俺善劝他一番,再作定夺。"于是走出庵来,叫醉死鬼说话。那醉死鬼东倒西歪的走将过来道:"叫老爷怎么?"咸渊道:"你衣冠不整,廉耻不顾,沉酣于曲蘖之中,潦倒于杯斝之间。名教中自有乐地,何乃尔不顾仪体?昔夷狄造酒,大禹饮之而甘,曰:后世必有以酒亡国者。国且要不保,何况于身乎?譬如钢斧伐枯枝,吾未见其不颠扑者。"醉死鬼哈哈大笑道:"你说俺吃酒的不是么?吾闻天有酒星,地有酒泉,人有酒禄,当日帝尧千钟,孔子百瓢,一帝一圣何尝不饮酒?至于竹林七贤莫非饮为高么?我朝李太白、贺知章等称为饮酒中八仙。果然饮酒不好,就该人唾之骂之,为甚至今人犹称之颂之耶?如今俺虽不能称为酒仙,也甘心做个酒鬼。正是但得酒中趣,莫为醒者传。门外汉不消多说!"说毕倒在地下,或高声,或醉骂,闹个不了。咸渊无法可制,只得回去,对钟馗说道:"为今之计,只有一着,须向这边太守讲了,教他出张禁止屠沽的告示。这叫三日无粮不聚兵,这伙人没了酒吃,自然散去。"钟馗道:"有理。"于是整冠束带,骑了白泽竟到府中来。知府接至堂上问道:"大人至此,有何见教。"钟馗道:"贵府醉死鬼甚多,俺欲斩他,于心不忍,敢请大人出一张告示,禁止屠沽。此辈可以不除自散。"知府道:"大人吩咐,焉敢不从,但此时方在腊底,非祈雨之候,怎好禁止屠沽?"钟馗道:"腊雪占三白,大人何妨祈雪?"知府道:"有理,大人请回,下官目下就出告示。"钟馗回至庵中,那知府将告示随即张挂出来。不及三日,这伙人莫得吃酒,各自散去,个个皆醒,只有醉死鬼犹然醉着。你道为何?原来他吃成酒脾胃了,没酒三分醉。他见众人醒了,他也起来,一步一跌,走入醉乡深处去了。这醉乡深处,你道如何?

不分贵贱,并莫尊卑。事大如天,尽数瓦解,愁深似海,一概冰消。旌旗不动酒旗摇,何须征战?酒马常差兵马歇,若个操戈。平原督邮,应是榨前吏部,青州从事,无过落井知章。中山王少不得独推李白!酒泉郡没奈何还要刘伶。不识不知,恍若唐虞世界,如痴如梦,尽是混沌乾坤。路不远而自来,只要三杯到肚;城不关而自入,也须两盏穿肠。

醉死鬼到了醉乡深处,只见那李青莲、崔宗之、毕吏部、贺知章,还有山涛、向秀、阮籍、阮咸、刘伶、嵇康、王戎等,或弹琴于松荫之下,或敲棋于竹林之中,或抱膝长吟,或观玩宇宙,或临水以羡鱼,或倚山而看鹤。见醉死鬼仓皇而来,众仙问道:"汝是何人?来此何干?"醉死鬼道:"小人颇能吃酒,不意醉中干犯了钟馗,所以逃遁至此。"众仙道:"你既能吃酒,便不俗了,你何不与他讲讲我们酒中的高旷,他自然另眼相觑。"醉死鬼道:"不讲还好,只因讲了一番,反令知府禁止屠沽,弄的我粮草俱无。把一伙同伴都散了,他还恶言恶语,拿着一口剑只要杀我,怎么敌他得过?"众仙大怒道:"这等可恶,我们何不与他辩论一场,教他也晓得我们做酒仙非寻常可比。"于是一齐离了醉乡深处,竟到悟空庵来。钟馗道:"列位先生,何以至此?"李青莲道:"闻足下甚贬我辈,特来辩之。"钟馗道:"俺正欲领教。"李青莲道:"天地者,万物之逆旅,光阴者,百代之过客。浮生若梦,为欢几何,所以说:人生有酒须当醉,一滴何曾到九泉。我等花朝月夕,但以酒为事,尽眼前之欢娱,消胸中之傀儡。足下俗物,焉能知此中之趣哉?"钟馗道:"先生爱饮,诚高旷矣!当日安禄山之乱,先生

第九回　喜好色潜移三地　爱贪杯谬引群仙

何不以酒退？而反为永璘王所练耶？若使无子仪、光弼，先生已作楚囚死矣。上无补于国事，下无救于身家，亦悉在其高旷矣！"李青莲羞惭而退。毕吏部道："你说李青莲饮酒无益，那清平调三章何尝莫非酒中来者？足下不饮酒，请问诗稿能如李青莲否？"钟馗道："尔莫非榨前盗酒儿乎？以朝廷命官，潦倒酒侧，为口腹之欲，趋狗盗之行，尚敢扬眉吐气向人辩论乎？"毕吏部满面通红，不敢再说。崔宗之、贺知章一齐愤然道："毕公盗酒，正是文人韵事，尔反以为狗盗，是何见解？"钟馗大笑道："圣人云：细行不谨，终累大德。若以盗酒为韵事，则鸡鸣狗盗皆称为韵事乎？"崔、贺二人无言可对。山涛等齐声道："你说饮酒败德，古今帝王相传，为甚冠婚丧祭，总不废酒？"钟馗道："冠婚丧祭之礼，饮不过三杯。岂若尔等终日沉醉，败坏礼俗？山公大节有可恕。至于公等，或居丧而饮，或荷婚而饮，缘饮而丧其身，向非祖士稚、陶士行诸公，安能救晋室之乱乎？止可算名教中罪人而已。"说得众仙个个羞颜，人人赧色[1]，一齐都回去了。那醉死鬼那里还敢挣挫，也要跟了回去。众仙埋怨道："我们原是酒仙，几乎被你累成酒鬼。速速急去！再休胡缠！"可怜这醉死鬼上天无路，入地无门，只得仰前合后，独自一个扎挣，踉踉跄跄，走够多时，恰好来到草包营地方，此处非太守所管之地，所以有酒家卖酒。这醉死鬼数日不饮，正在难为之际，闻着酒香一股，香的顽涎直流出口，连忙进去拣副坐头坐下。酒保提上酒来，便没眉没眼吃起，也不看铺中坐的是什么人物，三杯到肚，打点住五脏神，方才把眼一瞟，只见那边坐着一个风流和尚，那和尚不住只看他。醉死鬼沉吟道："他看我怎的？不要管他，我且吃。"又吃了一会，就要抓起糟来，恨道："好钟馗天杀的！竟将俺困了好几日，俺今日吃了酒，再去和他大闹一场，他就是金刚，也

---
[1] 赧（xiǎn）色：脸色红中带紫。

要剥他一块泥皮。"及说着又哈哈大笑道:"他教太守禁酒,他今日再禁我来?"继而又恨道:"如此佳酿,他那司马劝我休吃,难道吃了你家的么?这等可恶!你若知道了这滋味,只怕想断了你的肠子哩。"高一句,低一句,说了一会,哼哼吱吱的唱起来,你道唱的些什么?他唱道:

酒,酒,酒!我爱你,入诗肠能添锦绣。我爱你,壮雄心气冲斗牛。我爱你,解愁烦扫清云雾。摇头轻富贵,冷眼傲王侯。这样的清香,这样的清香,钟馗呀!你为甚鄙薄酒?

那和尚听得钟馗长、钟馗短,由不得走到跟前道:"老施主只管怨着钟馗怎么?"醉死鬼朦胧着眼,把和尚看了一会,说道:"老师父你不知道,前者俺吃了两钟酒,在街上正睡的好,他将俺踢了一脚,说他什么要杀人。因此我调了些兄弟们围住悟空庵,与他讲理。他不省事,反说我们吃酒的不好,俺气愤不过,请了一班酒神仙与他辩论。他执迷不悟,终不信神佛。倒教那些酒仙们连俺也不要了。所以俺到这里自饮自唱,你问俺怎么?想是要和我赌几杯么?"和尚道:"老施主原来是我的恩人。"醉死鬼道:"俺只晓得吃酒,并不施什么恩,怎么就是你的恩人?"和尚道:"老施主不知详细。那日钟馗赶我,看看赶上,若不是老施主绊了他一跤,我已作无头鬼矣。说他要杀人,就是要杀我。亏老施主救了我性命,岂不是恩人。"醉死鬼道:"他为甚要杀你?"那和尚欲语不语,只是支吾。醉死鬼焦躁道:"要说就说个明白,何须隐讳!"那和尚道:"只得实说,不瞒老施主说,我贫僧生来带着一点色心,见了妇人就如性命一般,因此人都叫我色中饿鬼。那日正在一个私窠子家混账,不知他怎么就知道,竟来杀我。亏我又混小官去了,回来时妇人已是杀死,他还等我。我连忙逃走,他随后赶来,不是施主绊倒他时,我这个葫芦已作成瓢了。"醉死鬼道:"该杀,该杀,一个出家人经不念、行不修,只要好色,倘若惹上罗疮,性命不保。再不然弄上一男半女，都是自己的血脉，儿子便作忘八，女儿便作了粉头，就是你出家人的阴骘。"色中饿鬼笑道："那里就一下能种胎？"醉死鬼道："你说不能种胎么？你看那粉头们媪的娃娃，难道是自己汉子的不成？快些改了！再不可如此。"色中饿鬼笑道："施主真正说醉话哩，人生秉性，怎么得改？施主嫌我好色，施主为甚好酒？施主能改了好酒，我也能改了好色。"醉死鬼点点头道："这个也难改，倒不如咱两个均分起来，将我的酒分与你些，将你的色分与我些，大家做了酒色兼全的人，不要这等偏枯，惹的世上笑话。"色中饿鬼道："讲的有理。"从此二人就要齐行起来。不知酒色最是齐行不得的，齐行就要伤命，看官们着眼！

再表钟馗辩倒众酒仙，唬退醉死鬼，与咸渊商议道："如今色中饿鬼不知下落，我们何不先灭了愣睁大王，再去寻他，省得耽误工夫。"咸渊道："主公论的极是。"于是点起阴兵，一把火将悟空庵烧了，竟奔愣睁大王而去。此时腊尽春初，正是新春佳节，家家贴门对，户户挂长钱。白发老人，无语低头思旧岁；青春小子，齐声拍手贺新年。钟馗领阴兵往前正走，见路边酒旗摇荡，对咸、富二神道："我们不免聊饮几杯，避避春寒再走。"二神领命，俱下马来，钟馗下了白泽，同入酒店，恰好色中饿鬼与醉死鬼在那里一递一盅的纵情畅饮。钟馗见了大怒道："俺只道你逃去天外，原来还在此处乎？"手起剑落，将一个色中饿鬼打发的阿鼻地狱中念受生经去了。醉死鬼见杀了色中饿鬼，东倒西歪的说道："该杀，该杀……"话犹未了，头已坠地，死于富曲刀下。这正是：

　　除去淫僧，闺中自少游庵妇；

　　诛了醉鬼，道旁不见躺街人。

不知愣睁大王又如何降伏？且听下回便见。

第十回

妖气净愣睁归地狱　功行满钟老上天堂

词曰：

世人皆趋巧，老实些儿才好。老实若过头，便是现世活宝。活宝独有正南偏恼，设计将他害了。起看妖气尽扫，尽扫却亏谁？还是唐家钟老。钟老这个功劳不小！

且说那愣睁大王，生来立心懵懂，秉性痴拙，虽然威严若神，却是木雕泥塑一般。他正在灰葫芦山闲坐，迷糊老贾报道："大王祸事到了！有个钟馗领着许多兵将前来征讨。"那愣睁大王白翻了两只眼，竟如听不着的一般，并不回答。迷糊老贾又重说了一遍。他才愣愣睁睁，说道："什么？"迷糊老贾道："钟馗杀大王来了。"他大睁了眼，把眼睁得通红道："我比你不知道！"又睁了一会，猛然叫："乜斜鬼过来！"那乜斜鬼也不理他，又有顿饭时候，又大叫道："过来！"迷糊老贾问道："大王叫谁过来？"他说道："我教你打探钟馗！"迷糊老贾得令去了。乜斜鬼方走过来，他又道："好奇怪！怎么又有个乜斜鬼？"乜斜鬼道："只我一个，那里还有第二个像我急骨的哩？"他又定省一会说道："错了，错了！"乜斜鬼道："错了什么？"他说："使他打探钟馗，错使了你了。"乜斜鬼道："我在这里，怎么又错使了我了？"他看了两眼，点点头说道："又错了。"乜斜鬼道："又错了什么？"他说道："我使你打探钟馗，错使了他了。"那乜斜鬼方领了令出去。下了灰葫芦山，出了草包营慢慢而行，只听得笙箫聒耳，十分可听。乜斜鬼道："不要管他，我且在此看看。"于是走近前来，是一所大庄

第十回　妖气净愣睁归地狱　功行满钟老上天堂

院，庭堂台榭，盖的齐整。大门外一班乐工，不住的吹打，二门外又是鼓手，庭院内锣鼓喧天，一班男戏，一班女戏，一递一出的唱。左边厢房中是和尚诵经，右边厢房中是道士念咒，席前姐儿斟酒，管家下菜，灯烛辉煌，照耀如同白日。人山人海，十分热闹。主人坐在上面，穿着无数衣服，皮袄上边又是皮袄，暖耳上边又是暖耳。还恐穿不了，又在两旁衣架上搭着。饮的酒无味不美，吃的菜无色不精。乜斜鬼心中想道："此必是公侯人家，不然怎的这等奢华？"因悄悄问人道："这位老爷是什么人家？今日做甚事，这等热闹？"那人道："他叫做挖施鬼，今日是他的生日，念寿生经。你看他这等奢华，家财却是有限，今日如此受用，只怕明日就无午饭吃了。"乜斜鬼道："原来是一味捣喧，没有实落得么？"这乜斜鬼整整看了一夜，竟忘了打探钟馗。天明，又走回来了。愣睁大王问道："你来么？钟馗果是何如？"乜斜鬼道："一味捣喧，莫有实落。"愣睁大王道："如此不足畏矣。"乜斜鬼道："你道我说谁捣喧哩？"愣睁大王道："不是钟馗捣喧，难道孤家捣喧不成？"乜斜鬼道："你两个都不捣喧，只有挖施鬼肯捣喧。"愣睁大王道："怎么叫你打探钟馗，你又扯出挖施鬼来？"乜斜鬼啐了一声道："我就忘了打探了。"于是又乜斜了半日。那愣睁大王道："饥了。"乜斜鬼道："饥了敢吃饭。"又站了半日方出到厨下去，先托上一盘呆瓜来，然后是一盘闷鹅，又是一盘羊不理杂烩。又放下一只不知匙，一双不停箸，随一盘大馍馍。愣睁大王正哝揉得受用。迷糊老贾来禀道："大王快上膳，准备厮杀，钟馗已到草包营了。"愣睁大王吃饭毕，揩了嘴，问道："钟馗厉害何如？"迷糊老贾道：

　　手执青铜古剑，头戴软翅纱帽，到处便要斩妖精，一个不教余剩。领着阴兵数百，还随司马先锋，须臾踏碎草包营，不怕大王愣睁。

愣睁大王两眼大睁，说道："乜斜鬼出阵！"迷糊老贾说："他不知那里去了。"愣睁大王叹道:"奸鬼与伶俐鬼在时,我嫌他们不老实,如今把个乜斜鬼又走了,这却怎处?"挣了一会,少不的披贯盔甲,出来接阵。这边富曲出马,问道:"你就是愣睁大王么?"原来这愣睁大王他有一桩绝妙的本领,任你骂他,啐他,打他,杀他,总是呆了一双白眼,半声也说不出来。富曲问之再三,并不回答,富曲大怒,抡刀便砍,他分文不动。富曲大疑,不知是何伎俩,不敢动手。只得勒马回阵,报与钟馗。钟馗道:"这又奇了。"于是提着宝剑,冲出阵来,试去砍他。果然分文不动,就如木雕泥塑的一般。钟馗想道:"此人必有异术,不可轻犯,且回去再作区处。"于是带转白泽,回到阵中,对富曲道:"我想此人他那身子不怕枪,必与涎脸鬼的脸无异,必须也要想个法子治他才好。"地溜鬼走上前道:"小人去将他头上栽一尾大炮,点燃,将他挣死何如?"钟馗道:"既如此,你去试试他。"这地溜鬼拿了一尾大炮,往他头上去栽,他也只是不动。地溜鬼将药点燃,一声响就如天崩地塌之声,看时那愣睁大王,不想莫曾挣死,益发成了一个睁头了,更觉端重。咸渊道:"这样人杀他也污了俺的名目,只须将他身后挖一深坑,我们暂且回去,留下地溜鬼看守。他见我们去了,他自然回去,将他陷在坑中,活埋了就完账。"于是遣阴兵在他后背挖下坑堑,上用浮土盖住,那愣睁大王只顾在那里愣着两只大眼发睁,那里知道身后的消息。钟馗安动定当,留下地溜鬼打探,拨转阴兵,望后而退。远远望见一所庄院,甚是宽大,钟馗道:"俺们就且在此驻马。"于是竟进庄来。你道这庄内住着何人?原来就是挖施鬼。他庆贺生辰,果如人言,次日便没了使用。和尚、道士、鼓手、乐人、戏子都来要钱,少不得将暖耳皮袄衣服类,一并当卖去了。只留下几件纱衣,没人要他。此时钟馗到门,没奈何穿了迎接。正是,但见:

　　头戴纱巾,身穿纱服。头戴纱巾,冷飕飕自然缩肩,身穿纱衣，颤巍巍勉强摇摆。轻绡遍体，乍看不类穷酸，鸡粟满身，细睹浑如病鬼。缊袍[1]不耻，未必有子路高风！春服既成，何曾是曾参气象！弯其腰，抱其腹，病于夏畦；流其涕，皱其眉，难受冬日。

钟馗问道："如今虽然立春，天气尚寒，足下为何穿起纱衣来？"圪施鬼道："既已立春，如今何穿不得？"钟馗道："既已穿得，如何打战？"圪施鬼道："这样冷天，如何不打战？"钟馗呵呵大笑，笑得圪施鬼大怒起来。你道他为何大怒？只因他庆生辰，赁下这所大庄院一月，以便宴宾作戏。早上房主来赶他腾房，又被那些鼓手人等吵闹要钱，将这些衣服变卖了。他是好体面的人，此时穿上纱衣见人，已是赧颜，正在气恼之际，当不得钟馗这一笑。所以恼羞成怒了，登时发暴起来道："你是什么人，敢没头面来笑话我？"一头竟撞将去，不想他用的力猛，钟馗往开一闪，撞到墙上，脑浆迸流，竟撞死了。钟馗正在惊讶之间，阴兵来禀道："外边捉住一个奸细，候老爷发付。"钟馗道："带进来！"几个阴兵簇拥这乜斜鬼当庭跪下。钟馗道："你是何处来的？"乜斜鬼道："小人是灰葫芦山草包营来的。愣睁大王昨日使小人打探钟馗，小人昨日在这里看唱，就忘了打探。今日忽然想起来，重来打探，但不知这钟馗是黑是白？在东在西？老爷们若见过时，指与小人知道！不然空回去，大王又说小人不中用。"阴兵皆笑。乜斜鬼道："不要笑，我说的是实话。"阴兵骂道："瞎眼贼，现在钟老爷面前跪着，还要瞎说。"乜斜鬼听得说是钟馗，爬起来就跑，富曲大喝一声，砍倒在地。再不乜斜了。诗曰：

生前大号既乜斜，死后尊称难急骨。

料想阴间不用他，罚到山中作呆鹿。

---

[1] 缊（yùn）袍：以乱麻为絮的袍子。

再表那愣睁大王自撞钟馗去后，他还只管站着，忘了回去。等的这地溜鬼心里发火，定了一计，就装作迷糊老贾过来禀道："大王想是饥了，回去进膳罢。"愣睁大王道："那钟馗再不来了么？"地溜鬼道："不来了。"愣睁大王点了点头，掉转身子，大跨一步，道："不好，不好，孤家要跌下去了。"一声响亮，落入坑陷中。地溜鬼飞报与钟馗，钟馗领兵复来，看时，见那愣睁大王在坑里边愣愣睁睁的坐着。这地溜鬼逗他梭溜，拿了一杆枪，往下便刺，谁想愣睁大王他也有一时不愣睁，竟将枪杆捉定，尽力一扯，竟将地溜鬼扯下坑去，众阴兵欲救时，已被愣睁大王坐在屁股底下，压死了。钟馗大怒，令众阴兵急急掩土。可怜这愣睁大王愣睁了半世，至此了账。正是：

　　三寸气在也无用，不待身亡事已休。

钟馗活埋了愣睁大王，向咸、富二神道："俺记得出阴府时，阎君付俺的鬼簿，临了一个是愣睁大王。今日既灭了他，何不将鬼簿查查看，诛了多少鬼？"咸、富拿过簿子来，逐名细查，一个个或斩或抚，并无遗漏。钟馗大喜道："这等俺的功行已满，还不班师，更待何时？"于是收了宝剑，插了笏板，鞭敲金蹬响，齐唱凯歌回。浩浩荡荡，回阴曹地府而来。正是：

　　斩尽妖魔剑气寒，功成归去万人欢。

　　阎君若问诛邪事？不比轮回一样看。

过了奈何桥，进了枉死城，把门判官认得是钟馗，迎入酆都城内，连忙上森罗殿通报。此时十殿阎君，正都在一处会议公事，听说钟馗来到，俱下殿相迎。钟馗上前行礼。阎君笑道："屈指一年，便已诛尽，尊神何成功之速也！"钟馗道："托大王余威，借咸、富二神翼赞之功，小神何功之有？"阎君让至殿上，交拜毕，咸、富二神过来参见阎君，此时相待也不同往日了。于是大排筵宴，钟馗上坐，咸、富二神旁坐，十殿阎君俱主席陪坐。饮过三巡，阎君道："尊神诛邪的功劳,请道其详!我等好仰奏天庭,以讨封爵。"钟馗将某鬼如何斩灭,某鬼如何安抚,一个个说了,又道:"还有几个不在簿子上的,小神见情理可恶,也就一并诛之。"阎君问道:"是那几个?"钟馗道:"如死大汉、不惜人,以及色中饿鬼所驭的那些妇人,俱非簿上有名者。"阎君道:"尊神有所不知,那死大汉是吕布所转,因他虽然勇猛,却少刚骨,所以罚他转了这等个人,以待尊神诛之,正所以报杀了建阳之罪也。至于那不惜人,他是张六郎后身,因前世生的美貌,人皆爱他,故有许多淫欲之罪,所以罪他,转成这等个人,凡今世之憎他者,皆前世之爱他者也。尊神也诛得不错。"钟馗道:"如此说来,那些妇人,想必也有些因由?"阎君道:"怎么无因由?那都是吕太后、赵飞燕、杨贵妃、虢[1]国夫人,以及贾充妻等之类。因他们淫欲无度,所以罪他转此辈,望他受些饥寒,少改前过,不想犹然无耻,尊神虽然诛之,尚不足以以尽其辜,俺还要罚他们变做母猪、母羊、母驴、母马去也。"钟馗道:"此辈不过好淫,尊神加以如此重罪,俺观古今以来,如曹操、王莽等,我朝杨国忠、安禄山、卢杞之徒,尊神又以何法加之?"阎君道:"曹操、王莽已在阿鼻狱中数百年间,杨国忠已罪他变牛数次,安禄山已罪他变猪几遭。活时受无限之苦,死时还要一刀,剉骨剥皮,其罪不轻。阴府自有公道,阳间不知。"咸、富二神听得处的杨国忠、安禄山如此凄惨,齐声道:"善哉!善哉!我两人之恨亦消了。"钟馗又问道:"卢杞怎么样了?"阎君道:"昨日拿到,还未判断。"钟馗道:"何不牵来,小人问他一问。"阎君传下令去,十数个狰狞恶鬼,索缚而至。钟馗见了大怒道:"卢杞,你还认得我么?"卢杞抬头一看,见是钟馗,吓得战战兢兢,俯伏地下道:"向日是天子嫌君貌丑,不干卢杞之过。"钟馗益发大

---

[1] 虢(guó):周朝国名。

怒,拔出剑来,就要斩他。阎君道:"尊神若斩了他,就要便宜他了。看俺处治他。"命将卢杞下入油锅,须臾皮骨皆脱。钟馗大喜,对阎君说道:"也算阴兵们劳碌一场,将肉赏与他们吃何如?"阎君依说,众阴兵踊跃而食。阎君道:"诸恶已除,尊神斋戒沐浴,三日后随俺朝见上帝可也。"当下众神席散不题。且说玉皇上帝,一日刚设朝。天上的朝仪,与凡间更不相同,怎见得:

  黄龙绕柱,彩凤飞檐,左金童,手捧香盒,右玉女,盘托明珠。盈耳笙箫,丹墀下一派仙乐,满眸瑞雾,宝殿上万道祥光。九曜星官,顶着冠,束着带,雍雍雅度;二十八宿,戴着盔,披着甲,凛凛威风。南天门下,四元帅东西列坐,玉虚殿中,十美女左右排班。李老君跨青牛远来朝觐,吕纯阳骑白鹤忙至山呼。还有那巨灵神,身若泰山,端秉金戈来值殿。更有个老寿星,头如柳斗,斜倚竹杖看朝仪。

当日玉皇高坐,众天神朝拜已毕。玉帝道:"目今天地明朗,下界清平,人间想有真主么?"众神未及回奏,只见太白李金星俯伏金阶奏道:"朝门外十殿阎君候旨。"玉帝道:"宣来!"十殿阎君进朝,俯伏奏道:"臣等职司阴界,凡有罪恶,无不秉公裁处。奈大唐国有等似鬼非鬼、似人非人者,各任从所性,又由习染,往往有犯罪之实,无犯罪之名,王法不得而加,报应无得而显。幸有钟馗其人者,秉刚正之气,具斩鬼之才,只因生来貌丑,以致唐廷逐他,自刎而死。唐王令他遍行天下,以斩妖邪。臣等又助阴兵三百,咸、富二人。咸有应酬之能,富擅万夫之勇。到处平夷,皆钟馗与咸、富之功也。臣闻有功者,必蒙厚赏,伏乞陛下封荫赐爵,以昭功奖,臣等不胜悚惕[1]待命之至!"玉帝听毕,宣三神上殿。见钟馗威风凛凛,相貌堂堂。

---

[1] 悚惕:常用为奏章或书信中的套语。

咸渊儒雅风流，富曲狼腰虎体。天颜十分喜悦，传旨十王请回，朕当赐爵。于是十殿阎君谢了恩，自退酆都城去了。钟馗等俯伏殿下，候旨。须臾太白金星高捧丹诏，当殿宣读。

玉帝诏曰：朕维两仪既判，三才始分，天得一而成阳，地得一而成阴。人禀天地，气属五行。讵料[1]风土各异，习染性成。兹者南瞻部州大唐国地界，人心恶孽，尤为可悯。或浮夸而鲜实，或虚诈而不诚。或心怀悭吝，不知子孙之悖[2]；或任情奢侈，不惜天地之珍。或爱色以殒身，或嗜酒而亡命。王法绳之而无据，因果报之而难凭。尔钟馗秉清刚之德，存正大之心，诛邪种种之不善，厥绩确确其匪轻！可封为翊正除邪雷霆驱魔帝君。咸渊有孔、孟之操，建孙、吴之略，可封为天枢文德翼圣真君。富曲擅信、布之勇，兼逢、羿之能，可封为天枢武德赞圣真君。妖气既净，仰太阳之普照，正气长伸，皆钟子之弘功。业既高于古今，爵宜冠乎天人。钦哉！

钟馗等谢恩毕，玉帝退朝，咸、富二人谢别钟馗，俱到天枢垣赴任去了。钟馗出了南天门，骑了白泽，前边两杆龙旗开道，往庙中享受香火。这庙自从斩了抠掏鬼，众百姓感戴，盖的金碧辉煌，光彩耀目，五间大门，七间大殿，甚是宽敞。不但钟馗享受无穷，连那蝙蝠白泽也做了子产之鱼。且是威灵异常，求风得风，求雨得雨，百姓们莫不欢悦。县尹呈详上司，上司奉闻朝廷，德宗皇帝大喜，召柳公权题匾。一面石青装底，字贴真金，用黄绫包裹，遣礼部尚书杜黄裳、内侍鱼朝恩前来挂匾。其时哄动了乡村，闹动了店镇，若大若小，如男如女，都来观看。一派笙箫鼓乐，迎匾到庙，解开黄绫包，悬匾于殿上，士民争来观看，果然写的端楷，瓦盆大五个金字：

---

[1] 讵料：岂料。
[2] 悖：惑乱，糊涂。

"那有这样事!"

诗曰:
> 花覆帘笼午梦长,醒来提笔记荒唐。
> 诛邪有术言为剑,灭鬼无能笔代枪。
> 富曲逞奇俱是幻,咸渊定策总非常。
> 只因画上钟馗好,一一描来仔细详。

钟馗平鬼传

【清】云中道人　著

目 录

第 一 回	万人县群鬼赏月	109
第 二 回	烟花巷色鬼请医	113
第 三 回	贾在行误下绝命丹	117
第 四 回	下作鬼巧设连环计	121
第 五 回	唐钟馗火烧不修观	125
第 六 回	短命鬼被擒子母山	129
第 七 回	五里村酒店收穷鬼	134
第 八 回	溜子阵战败遇穷神	138
第 九 回	桃花山收服两兄弟	142
第 十 回	五里村斩烧一全家	146
第十一回	奈河关下作鬼署印	150
第十二回	吊角庄风流鬼攀亲	154
第十三回	冒失鬼酒里逃生	158
第十四回	粗鲁鬼梦中丧命	162
第十五回	耍乖山勾兵取救	166
第十六回	森罗殿缴册复命	171

第一回

万人县群鬼赏月

世上何尝有鬼？妖魔皆从心生；违理犯法任意行，方把人品败净。举动不合道理，交接不顺人情；摇头晃脑自称雄，那知人人厌憎！行恶虽然人怕，久后总难善终；恶贯满盈天不容，假手钟馗显圣。昔年也曾斩鬼，今日又要行凶；咬牙切齿磨剑锋，性命立刻断送。

话说大唐德宗年间，有一名甲进士，姓钟，名馗，字正南，终南山人氏，才高八斗，学富五车。只因相貌丑陋，未中头名，一怒之间，在金阶上头碰殿柱而死。谁想他的阴魂不散，飘飘荡荡来到幽冥地府，在阎君面前，将他致死的情由，从头至尾诉了一遍。阎君甚是叹惜。遂问钟馗道："俺有一事奉烦，未知从否？"钟馗道："愿闻钧旨。"阎君道："阴间鬼魂俱系在下掌管。今阳间有一种鬼，说他是鬼，他却是人，说他是人，他却又叫做鬼。各处俱有，种类不一，甚为民害，惟万人县内更多。在下怜你才学未展，秉性正直，意欲封尔为平鬼大元帅，凡遇此鬼，除罪不至死，尚可造就者，令其改邪归正，以体上天好生之德。其余尽皆斩除。倘有恶贯满盈，罪不容死的，生擒前来，再以阴间刑法治之。俟斩尽杀绝，功成之日，自当奏知上帝，论功升赏，加官晋爵，未知尊意如何？"钟馗听罢，向前谢道："既蒙抬举，谨遵钧旨！"阎君大喜，遂交《平鬼录》一本，又赐青锋宝剑一把，追风乌骓马一匹。纱帽、圆领、牙笏、玉带，并拨给鬼卒四名。第一名大头鬼，第二名大胆鬼，第三名精细鬼，第四名伶俐鬼，随路听用。

钟馗谢恩下殿,出了幽冥地府。头换尖顶软翅乌纱,身穿墨丝蓝辫海青蟒袍,腰系金镶玉带,手执牙笏,上了追风乌骓马。遂吩咐大头鬼头前开路,大胆鬼挑着琴剑书箱,精细鬼手提八宝引路红纱灯,伶俐鬼擎着三沿宝盖黄罗伞;分派一定,号令一声,摆开队伍,杀气腾腾,威风凛凛,直往万人县里进发。这且不表。再说这万人县在长安西北,离京有二万三千余里。这万人县城内有一没人里,里中有一踩遍街,街内有一人,姓无,名耻,字是不为。自祖上以来,并无恒产,也不货殖。全凭膂力过人,相貌魁伟,强借讹诈度日。年过四旬,娶妻应氏,所生一子,与无耻大不相同;生的身长不过三尺,居心甚短,行事也短,因此人给他起了一个诨名,叫他短命鬼。无耻对应氏道:"我无门自祖上以来,俱各人物魁伟,出人头地。这个儿子如此秕微,如何能传宗接祖?倒不如没有这个儿子为妙。"故此无耻看见短命鬼就怒,诸日非骂即打,总要致他儿子于死地。应氏劝之再三,无耻终是不听。应氏无奈,一日向他丈夫说道:"杀生不如放生好,你既不喜他,我有一个表弟,姓阮,名硬,现在不修观里为僧,法名是针尖和尚。我把他送与我表弟做徒弟何如?"无耻道:"我只不要这样儿子,任凭你去发放,不必问我。"应氏遂择了个日子,将短命鬼送到不修观里为僧了。这应氏三五年间又生一子,排行为二,颇有父风。人家给他也起了一个诨名,只添了一个鬼字,叫他做无二鬼,长到十五六岁上,无耻与应氏相继而亡。无二鬼行事为人,较无耻更甚十倍。且说他怎生打扮?夏天里歪戴着草帽,斜披着小衫;冬天里袍套从不给扣,惟以蓝搭包扎腰;满城内富的不敢惹他,穷的不敢近他;他寻着谁,就是谁的晦气。偏有一个下作鬼给他做帮客,又有丧门神的儿子名舛鬼给他做门徒。真个是:

万人县内聚群鬼,万户千家活遭殃。

这无二鬼同下作鬼、舛鬼,诸日在这万人县内,东家食,西家宿,任意胡行,无所不至。一日正逢中秋佳节,无二鬼留了五位客在家,饮酒过节:一个是粗鲁鬼,一个是滑鬼,一个是赖殆鬼,一个是嘹荡鬼,一个是冒失鬼。无二鬼将这五鬼,让在风波亭上,序齿而坐。吩咐舛鬼预备酒肴。俟金乌西坠,玉兔东升,以便饮酒赏月。滑鬼向无二鬼道:"天气尚早,弟家有一小事,去去就来。"众鬼道:"不可失信!"滑鬼道:"不失信,暂且少陪。"滑鬼对着众鬼将手一拱,徉长出门去了。

且说滑鬼出门来,在街上,正走之间,忽然背后有人叫道:"滑哥慢走,我有话与你说!"滑鬼回头一看,却是混账鬼与讨债鬼同来。滑鬼见了,连忙就跑。滑鬼跑得快,混账鬼与讨债鬼身体肥胖赶不上。滑鬼舍命正往前跑,忽然一人正冲着滑鬼飞奔而来,与滑鬼胸膛相撞,将滑鬼咕咚撞倒在地。讨债鬼赶上一步,将滑鬼按住不放。滑鬼道:"欠你的账目,我就清楚你,你且放我起来。我看是谁撞倒我?"讨债鬼松手,滑鬼爬将起来,一看说道:"呀原来是愣二哥!未知有何要事,这等紧急?"愣睁鬼道:"昨日进城,路遇无二哥,邀我今日到他家去饮酒赏月,我恐到迟,所以误撞尊驾,得罪,得罪!"滑鬼道:"我方才也在无二哥那里,因有事回来到舍下,即刻我也就回去。"讨债鬼道:"是踩遍街住的无二哥么?"愣睁鬼道:"正是。"讨债鬼道:"平素与人讨账,无二哥略帮几句言语,那人就将账目清楚了。屡次承他盛情,我亦欲到他家去。但今日节间,有些不便。"混账鬼:"我们买几色礼物,登门贺节,岂不两全?"愣睁鬼指着混账鬼问道:"这位兄台尊姓?说话甚是有理!"讨债鬼道:"这是舍弟,名混账鬼。"遂令混账鬼买了几色礼物。愣睁鬼将滑鬼抓住说道:"今日任有什么紧事,不准你去。今日也不许讨账,你得随俺回去!"滑鬼不敢强去,遂同众鬼转回踩遍街来。滑鬼进门向无二鬼道:"事未得办,却给二哥又邀了几位客来。"众鬼一齐离座。只见混账鬼手里提着四个甲鱼,二三十个螃蟹,讨债鬼抱着两个西瓜。无二鬼叫舛鬼收了。同走到风波亭上，谦让一回，按次序坐定。滑鬼将路遇愣睁鬼被撞的事，说了一遍，俱各哄堂大笑，又叙了一回寒温。嚓荡鬼举手向众鬼道："我们今日不期而会，恰是十位，古人有'热结十兄弟'，至今传为美谈。我们今日何不效法古人，也结一个异姓骨肉？不惟物以类聚，常常聚乐，倘事有不测，亦可彼此相助，不失义气。但不知此言有合公意否？"众鬼齐声赞美。无二鬼遂叫舛鬼制办祭物伺候。舛鬼出门去，到了街上，也就买了些下作物件。回家即刻排出，来了一桌据实供。却是三碗菜：头一碗是山草驴子放屁，作孽的蚂蚱；第二碗是蒜调猪毛，混账和菜；第三碗是肝花肠子一处煮，杂碎。买了半捏子没厚箔，请了一张假马子，烧了一支讹遍香，奠了三杯口酒，行了一龟三狗头的礼，放了三个灭信炮，一齐发誓已毕。无二鬼年长，坐了第一把交椅，粗鲁鬼次之，愣睁鬼为三，排到末座，却是舛鬼最幼。舛鬼将供撤在风波亭上，又添了一碗鹅头烩螃蟹，一碗生炒愣头鸭子，一碗坏黄子鸭蛋，一碗清水煮瓠子。真个是：

月到中秋明似镜，酒逢知己胜同胞。

众鬼彼此猜拳行令，不觉三更有余。正饮之间，忽闻外面叩门甚急，无二鬼不觉失惊落箸。叫舛鬼前去探听。

要知来的是谁？再看下回分解。

第二回

烟花巷色鬼请医

　　话说无二鬼同众鬼饮酒中间，只闻叩门声，急遂叫舛鬼去门内探听。这舛鬼来在门内，细声问道："外边何人叩门？"门外答道："我奉周老爷差来，有急密事，要见无二爷面禀的。"舛鬼回禀，无二鬼令开门引进来。那人来到风波亭上，向无二鬼道："家爷命小人来面禀密事，不知可有僻静所在否？"无二鬼遂将那人引到内宅。那人将阎君命钟馗之事，附耳低言，细细说了一遍，折身就走。无二鬼亲送出门去了。无二鬼回至风波亭上，众鬼一齐问道："此系何人？周老爷是谁？来禀何事？"无二鬼叹了一口气道："今日众兄弟幸会，又结了生死之交，月下谈心，酒逢知己，正可作彻夜之饮。不料想竟是好事不到头，乐极悲生！"粗鲁鬼起身拍掌大喊道："到底是为的何事？快讲，快讲！还有这些咬文嚼字哩。"无二鬼道："那周老爷住在咱这县城北黄堂村，幼年也是我辈出身，因才情高超，挣了万贯家私，改邪归正，在阎君殿前新干了一名殿前判官，现在听用，尚未得缺。来人是他的长班，说周老爷昨日在阎君殿前站班，面见阎君将一个不第的进士，姓钟，名馗，封为平鬼大元帅，领了四名鬼将，前来平除我们。我与周老爷素日相好，叫他偷送信来，令我们躲避躲避。"愣睁鬼道："二哥放心，料想钟馗不过是一个文字官耳，能有多大神通？"无二鬼道："阎君又拨给他四名鬼将，如何抵挡得住？倘有不测，悔之晚矣。"噍荡鬼道："兵来将挡，水来土掩，难道说我们坐以待死不成！竹竿巷里有一位下作鬼哥，与我最好。他的嘴也俐，口也甜，眼也宽，心也灵，见人纯是一团和气，低头就是见识。将他请来，计议计议，包管这场祸事冰消瓦解。"无二鬼道："愚兄也与他相好，昨日我也邀他过节，他说家中今日上供祀先，所以未到。"赖殆鬼道："如此就差滑老七去请他来何如？"滑鬼道："弟不能去，一者路径不熟，二来步履艰难，三来我并不认识他。"赖殆鬼道："要紧事也是如此滑法？"无二鬼道："不必争执，今已夜深了，明日我差舛老十去罢。列位明日也要早到。"说毕，俱各垂首丧气而散。

到了次早，舛鬼奉无二鬼之命，走到竹竿巷里，来至下作鬼的门首。此时门尚未开，舛鬼高声叫道："下作鬼哥在家么？"这下作鬼原是汤裱褙的徒弟。自从得了汤裱褙的传授，才学会了这个下作武艺。吃穿二字，俱是从这条下作路上来的。汤裱褙虽死，下作鬼不忘他的恩情。请了一位丹青，将汤裱褙的相貌画了一副影，又写了一个牌位，上题着"先师裱褙汤公之神主"，旁写孝徒下作鬼奉祀。请五浪神给他点了主，供在一座房内，诸日锁着门。即他妻子也不令他看见。每逢初一十五，烧香上供，磕头礼拜，求他阴灵保佑。昨日八月十五，上供之后，下作鬼夫妻二人散福赏月，多饮了几杯，夜间未免又做些下作勾当，所以日出三竿，尚然酣睡。睡梦中忽听有人门外喊叫，遂将二目一揉，扒将起来，披衣开门，往外一看，遂笑嘻嘻的说道："我道是谁哩，老舛你从何来？因何来得恁早？"舛鬼道："我奉无二哥之命，特来请你，有要事相商。"下作鬼遂转身进内，对他妻子说："无二哥着老来请我，倘有人来找，只说我往无二哥家去了。"说毕遂同舛鬼出门，直往踩遍街而去。这且不表。

再说下作鬼的老婆是个溜搭鬼，善送祟下神、做巫婆。自从再醮了下作鬼，实指望做对恩爱夫妻，不料下作鬼拿着老婆竟做了奉承人的本钱，溜搭鬼也乐的随在风流。听得舛鬼声音，遂说跟了无二鬼来了，因此也就起来，搽脂抹粉，慌成一片。原来无二鬼素日常到下作鬼家中来,与溜搭鬼眉来眼去,两下调情,下作鬼只装不知,久而久之,背着下作鬼,两人竟勾搭上了。及溜搭鬼出房,见无二鬼没来,未免淡幸。抬头见下作鬼的祖师堂门,不曾锁去,自言自语的说道:"他的这个牢门,出锁入锁,今日我可进去看看。"及至走到汤裱褙的影前,只见他缩着头,抖着膀,探着腰,笑迷糊的两只眼,伸着四寸长的一条溜滑的舌头,不觉大怒,气恨恨的把门锁了,因想道:"我那情人色鬼哥哥,想他的病今已好了。我今日无事,何不前去一叙旧好。"想罢遂将大门掩上,出门直往烟花巷而来。及至进了色鬼的大门,来到色鬼的卧房。看见色鬼面如金纸,瘦如干柴,遂问道:"色哥,你的病体好么些?"色鬼一见溜搭鬼,不觉满心欢喜,问道:"情人为何许久不来?"溜搭鬼道:"家里事多,总不得闲。"说着就在色鬼床沿上坐下。见一个年幼家童,送茶过来,年纪不过十六七岁,白面皮,尖下巴,两个眼如一池水相似。溜搭鬼接茶在手,遂问道:"这个孩子是几时来的?"色鬼道:"是前月新觅的,名叫小低搭鬼。"溜搭鬼笑道:"无怪你的病体直是不好。"色鬼道:"实因无人服侍,并无别的事情。"溜搭鬼目触心痒,不觉屡将眼去看他。小低搭鬼也用眼略瞟了两瞟,只是低着头微笑不语。溜搭鬼向色鬼道:"病体如此,也该请位郎中看看才是。"色鬼道:"此地并没位好郎中。"溜搭鬼道:"眼子市里街西头流嘴口。胡诌家对门,有一位郎中,是南方人,姓贾,号在行,外号是催命鬼。新近才来,却是一把捷径手,何不请他来看看?"色鬼听说,喜之不尽,遂差小低搭鬼牵了一匹倒头骡子,前去请催命鬼。小低搭鬼走到眼子市里问着催命鬼的门首,便叫道:"贾先生在家么?"只见催命鬼穿一领陈皮袍子,戴一顶枳壳帽子,腰系一条钩藤带子,摇摇摆摆,走将出来问道:"那家来请?"小低搭鬼道:"烟花巷里色宅来请贾先生调理病症的。"说毕,从拜盒内取出一个红帖来,上写着"年家眷弟色鬼拜"。催命鬼接帖在手,便长出一口气道:

"连日不暇,今日更忙,如何能去?"小低搭鬼道:"贾先生不必推辞,今日来请你,是溜搭鬼举荐的,千万去走走才好。"催命鬼迟疑多会,将头点了两点,说道:"本情实不能去,但溜搭鬼与俺素日相好,且又是隔壁同行,今日不去,异日何以见面?忙也少不得去走这一遭。"说毕,回家取了药箱,叫小低搭鬼背着。贾在行上了倒头骡子,直往烟花巷而来。

要知后事,再听下回分解。

第三回

贾在行误下绝命丹

话说贾在行同小低搭鬼来到烟花巷内，下了倒头骡子，进了大门。只见溜搭鬼迎出来说道："久未相会，闻得贾先生医道大行，逐日忙迫，今日光临，不胜欢跃！"贾在行道："多蒙荐引，感谢不尽。"二人到了客舍，吃过茶，领至色鬼房内。色鬼一见贾在行来，意欲起身施礼，贾在行急向前按止道："开口神气散，闭目养精神。不要妄动，在下好与尊驾评脉。但牛马驴骡脉在头上，所以兽医攒角摸耳朵，人的脉在脚上，须从脚上看的。"遂一伸手抓住了色鬼的脚丫子，闭着眼低着头，沉吟了片时。撒了手，总是一言不发。溜搭鬼问道："此病吉凶何如？"贾在行长出一口气道："厉害！厉害！这脉如皮条一般，名为皮绳脉。那脉书上说得明白：

硬如皮绳脉来凶，症如泰山病重重。

若是疼钱不吃药，难吞阳间饼卷葱。"

色鬼道："既请先生评脉，那有不吃药之理。"溜搭鬼："先生有好药只管用，药资断无不从厚的。"贾在行遂将药箱打开，取了一个小瓷瓶出来，说道："此瓶名为'掉魂瓶'，里面盛的是'绝命丹'。药书上说得明白。

绝命丹内只五般，牛黄狗宝一处攒。

冰片人参为细末，斗大珠子用半边。

王母取下天河水，老君房内炼成丹。

灵芝仙草作引子，吃上三服病立痊。

若问修炼多少日？手忙脚乱八百年。

这药：一治胸膈饱满，二治内热外寒，可惜你把病害错了，空有好药，用他不着。"小低搭鬼在药箱内拿出一瓶道："这里边是什么药呢？"贾在行接在手内道："不可乱动，倘然弄错，性命相关。"遂用手倒出瓶中的丸药来，一看说道："此丸名为'九蒸八晒的疠瘰丸'。一治癣疮疥疮，脚鸡眼茨猴子，又治腰疼腿酸，劳伤失血。色爷，你若将此药用滚白水送下，稳稳的睡倒，药力行开，便能串肠过肚，滋阴降火，宁吐止血，不日即可痊愈。"小低搭鬼又插口道："先生有痔疮药否？"贾在行道："可是足下？"小低搭鬼道："正是。"贾在行道："若是酒色过度，饥饱劳碌得来，不治久则成漏。足下是因聚精养锐上得来的，不早治恐成终身之累。"小低搭鬼道："如何成终身之累呢？"贾在行笑而不答。溜搭鬼道："求明白赐教！"贾在行笑着向溜搭鬼耳边说道："恐成脏头风。"溜搭鬼用手中扇子，在贾在行头上轻轻打了一下，说道："他是真心求教，你偏有这些胡言乱语的！"贾在行此时与溜搭鬼眉来眼去，与小低搭鬼言语勾搭，久已神魂飘荡，心不在焉矣。遂手包了三包丸药，交与溜搭鬼叫他给色鬼服用，又道："若用此药，必须忌口，还须寻一僻静所在静养才好，不然恐不效验。"说罢，色鬼遂照着小低搭鬼递了一个眼色，小低搭鬼就会意了。用一个小金漆茶盘，端了二两重的一个红封，送于贾在行面前。贾在行收过，背了药箱，去讫不题。且说溜搭鬼用滚白水将药研开，叫色鬼吃了，用被给他盖好，就要回去。色鬼道："蒙情请了郎中来。今已服药，俟我出了汗，你日夕回家去罢。"小低搭鬼也苦苦的相留，溜搭鬼就应允了。色鬼睡熟之后，溜搭鬼与小低搭鬼两个携手到了小低搭鬼的房内，忽听得色鬼大喊了一声，如霹雷一般，吓得二人慌忙整衣，来到色鬼房内。只见色鬼面如紫茄，七窍流血，即刻呜呼哀哉了。溜搭鬼对小低搭鬼道："我与色鬼虽然相好，并无亲戚。闻得他有一个亲哥,名叫酒鬼,住在杏花村里。他若来了,我却不便,不如早走为妙。"说罢就走。小低搭鬼拉住道:"可怜我幼失父母,又无家室,你去我可如何?倘蒙见怜,我跟你去,我就在你家早晚服侍你,岂不是好。"溜搭鬼道:"我固愿意,但恐怕俺家那个下作东西见了你,未必肯饶你。"小低搭鬼道:"就是一身充二役,也说不得了。"说罢,二人急忙去讫不题。及至到了第二日早晨,贾在行便道从色鬼门前经过,意欲进门看看色鬼的病势如何?及至走到色鬼房内,见色鬼已死。溜搭鬼与小低搭鬼俱无踪影,回身就走。忽见桌上有剩的丸药一包,贾在行一看,方知昨日错留了"绝命丹",色鬼必因此丹而死。若是有人知觉,这庸医杀人的罪,便稳稳的落在头上。遂急忙回到家中,背了药箱行李,逃往阴山投尖腔鬼去了。

话说色鬼,被贾在行的"绝命丹"治死,阴魂不散,飘飘缈缈,各处随风闲游。一日不修观内针尖和尚正在蒲团上打坐,忽被一阵腥血冲撞元神。针尖和尚轮指一算,知是色鬼的游魂从此经过,遂掐诀将他魂魄拘回。色鬼就在蒲团边双膝跪倒,把他屈死的原由诉说了一遍。针尖和尚知他的阳寿未尽,遂命短命鬼到三更时候,至烟花巷内将他尸首盗来。针尖和尚在葫芦内取出一粒仙丹,用露水和开,灌在色鬼的口内。不片时魂魄复体,睁眼一看,知是重生,遂向和尚谢了活命之恩。针尖和尚道:"你平生好色,应有此症。你如肯改悔,拜我为师,我教你些兵法武艺,可以保护你的身体,不知你意下如何?"色鬼道:"俺的欲心未静,恐怕难以学道。"针尖和尚道:"色即是空。这个色字,我们空门原是离不了的。"色鬼遂向针尖和尚拜了四拜,又和短命鬼叙了师兄师弟。短命鬼遂领了色鬼观中各处闲玩观看。色鬼问道:"此观因何名为不修观呢?"短命鬼道:"这村名为大撒村,开山师祖名唤不害,发了善念,要修一座观,一则为四方祈福之所,二则为自己栖身之地。不料想天意该成,就有一位施主,情愿将砖瓦木料等物,自己通捐送来,并不用募化众人。所以名为不修观。山门内竖了两统石碑,一碑下是一个土龟,一碑下是一个乌龟,这二龟俱是不害修的。二门内有七十五司,司中有上刀山的,有下油锅的,有变驴马禽兽的,这俱是不害修的。"二人正在观看,忽见针尖和尚命麦王童儿来唤,二人急忙走至方丈。针尖和尚吩咐道:"方才我默运元神,忽然心血来潮,轮指一算,算知我们这不修观内,不久就有大祸临门。你二人有刀剑之厄,须当准备方好。"

要知观内有何祸事?他二人如何准备?再听下回分解。

第四回

下作鬼巧设连环计

话说针尖和尚知不修观气数将尽，钟馗不日即到。一人逃避不难，奈与短命鬼、色鬼有师徒之情，不忍恝然[1]。令短命鬼将山门匾额除下，把不修观三字涂去，改成大放寺，仍挂在山门上。又令将前后山门紧闭，教短命鬼学了些五行土遁，教色鬼学了些兵法武艺，习成之后，针尖和尚领了麦王童儿，于半夜时候，驾起一片妖云，飞到狼牙山黑水洞修真养性去了。这且不表。再说下作鬼那日同了舛鬼，到了踩遍街，进了无二鬼的大门，见粗鲁鬼、赖殆鬼、嚁荡鬼、滑鬼、愣睁鬼、讨债鬼、混账鬼俱早在风波亭上，团团坐着。一见下作鬼到，一齐离座相迎，下作鬼与各鬼叙了寒温，及见讨债鬼与混账鬼，遂向无二鬼道："这二位不得认识。"无二鬼道："这位是讨债鬼弟，这位是混账鬼弟，素日相好，昨日也与俺拜了异姓兄弟了。"下作鬼道："久仰，久仰！弟在家日多，出门日少，所以未得识荆。得罪，得罪！"讨债鬼与混账鬼也与他上了一会亲热。下作鬼道："早知昨日有此胜会，无二哥既邀我，任凭有甚大事，断无不来的，可惜不知道，错过了。"说着，彼此又谦让了一会，方按长幼坐下。粗鲁鬼忽大声喊道："我们有塌天大祸。绝不提起，只弄假谦恭，算得甚事？"无二鬼遂将阎君命钟馗平鬼，及周判官差人送信的事，细细说了一遍。下作鬼踌躇了半日道："素日琐屑小事，弟还有些小见识，如今性命相关，事大责重，小弟

---
[1] 恝（jiá）然：不加理会的样子。

一人如何敢当?"众鬼道:"不必推辞,倘钟馗来时,不惟我们束手待毙,即尊驾恐亦有未便。"下作鬼道:"既蒙众位不弃,在下就要斗胆了。但人微言轻,恐令不行,终属无益!"无二鬼遂取了一个黑碗,在阶前摔碎道:"有不遵令者,即如此碗!"下作鬼道:"我们今日共有十余位,其余凡与我们同类者,若不尽行连成一气,惟恐寡不能敌众。"无二鬼道:"须俱纠合前来才好。"下作鬼道:"其余俱好纠合,惟有墙缝里住的那个穷鬼,有点子难说话。一贫如洗,偏要咬文嚼字,甚不随和。"讨债鬼道:"天地间没有不上竿的猴,不过是多打会子锣。这穷鬼从前与我甚相熟,我去寻他何如?"众鬼道:"甚好。"下作鬼又道:"还有牛角胡同住的一个累鬼,他与穷鬼是亲表兄弟,人甚有骨气,且有胆略,这也是个要紧的。"混账鬼道:"小弟从前与他有些连手,待我去寻他。"众鬼大喜,二鬼遂出门分路去了。下作鬼道:"小弟从前有一家人,名叫勾死鬼,因弟家中无甚出息,去投赌钱鬼了。若是此人在此,不消三日,这万人县里鬼,皆可以齐了来。"无二鬼道:"这赌钱鬼我与他极相好,明日写封字去,借来使唤何难!"下作鬼道:"既然如此,蛇无头不行,人无位不尊,无二哥须登了王位,方好发号施令。"众鬼齐道:"有理。"遂将无二鬼拥在上面炕上坐定。下作鬼又道:"有王必有徽号,今无二哥既以炕为坛基,即号为炕头大王何如?"无二鬼甚是得意。众鬼齐道:"有王就有军师。"遂将下作鬼拥在无二鬼的左首坐定,齐道:"看军师头平耳尖,就呼军师为狗头军师罢。"下作鬼谢了众鬼,遂大声喝道:"听俺号令!"未及开言,只见讨债鬼回来了,众鬼齐道:"无二哥已正王位,须要跪下回话。"讨债鬼遂跪下禀道:"小弟到了墙缝里,进了穷鬼的大门,院内养了许多的眼前花。穷鬼正在那里栽培观玩。见了我,他拿了一个小低杌子,叫我坐下。我就把二哥邀他结义的事,说了一遍。他就把穷眼一瞪,穷牙一咬,骂道:'无知之徒,休要胡言乱语,我这条堂堂穷汉,岂肯和你们这些五不五、六不六、七青八黄,不堪的东西呼兄唤弟吗?再要顺口胡放,即便裹耳之敬。'我又说目下阎君命钟馗前来,平除我们,还是随伙的好。他又说尔等罪恶滔天,俟钟馗来时,我必帮助他,将尔等斩尽杀绝,方称我意。看来那穷鬼是终不能入伙的了。"下作鬼见混账鬼也站在旁边,问道:"你寻的累鬼呢?"混账鬼也跪下禀道:"小弟到了牛角胡同问他,他邻家说他往躲庄去了,不定几时才回来。我问躲庄在于何处?旁人俱说不知道,惟累鬼自己明白。所以没寻着他。"下作鬼道:"这也由他。起列两旁,听俺吩咐!凡用兵之道,未知天时,先明地理。万人县城郭完固,南有奈河之险,奈河迤南,三十里之遥,左有蒿里山,右有望乡台,中有鬼门关。再南九十里有子母山一座,高可插天,长可塞路,这几处险要地方,我们兄弟分兵把守。处处招军买马,积草屯粮。他虽有阴兵百万,战鬼千员,其奈我何?"遂令讨债鬼、混账鬼前赴子母山镇守;又令粗鲁鬼把守鬼门关,赖殆鬼副之;冒失鬼把守望乡台,滑鬼副之;愣睁鬼把守蒿里山,嗃荡鬼副之;大王与俺,亲在奈河督修战船;舛鬼为前部先锋,随班听用。分派已定,又吩咐讨债鬼与混账鬼道:"子母山孤立南方,最关紧要,须差妥当人远去打探,一有信息,即报大王知道!倘子母山有失,须向鬼门关奔走,俟钟馗追来,粗鲁鬼、冒失鬼、愣睁鬼等各守营寨。若攻蒿里山,山上须塞断去路,多用灰瓶滚木,从上打下。望乡台的人马即鸣锣擂鼓,击其后阵。若钟馗回兵来战,即鸣金收军,退回台内。钟馗若攻望乡台,台上多用弓箭火炮,蒿里山的人马呐喊下山,扰其后阵。若钟馗回兵来战,即鸣金退回山上。倘钟馗直攻鬼门关,则东面望乡台、西面蒿里山两处人马,齐击后阵。钟馗回兵来战,就各回营寨紧守。如此三日,钟馗人马不战自疲。然后出其不意,合兵夹攻,钟馗虽勇，一鼓可擒矣。众家兄弟们不得违令，自取咎戾[1]！"无二鬼抚掌大笑，众鬼俱心服。从此各驻汛地，秣马厉兵，单等钟馗到来，鏖战一场。只苦了万人县里的人家。无二鬼营中，用袍甲旗帜，绸缎布匹铺内遭殃；用粮饷草料，粮食柴薪铺内遭殃。民间有骡马的，牵来做坐骑；民间有牛车的，要来拉军装。就是民间的柜箱，也要来喂牲口。真个是：

    天理昭彰终有日，万鬼性命俱沉沦。

  这万人县里的百姓民不聊生、怨气升天，有冤也无处去诉，这且不表。再说下作鬼在这踩遍街无二鬼家，一连住了三天，一日遂向无二鬼说道："启禀大王，臣来此已数日了，臣妻在家甚不放心，求大王赏假数日，回家安置妥当，即来襄赞军情。"无二鬼道："先生既为入幕之宾，如何一刻可离？此间现有洁净房舍，先生把宝眷接来，岂不彼此便宜。"下作鬼也知无二鬼不怀好意，但乐得吃些现成茶饭。下作鬼又奏道："既蒙大王鸿恩，谨遵钧旨！"遂辞了无二鬼回奔竹竿巷来。下作鬼一路只想着到家如何夸官，如何祭祖，那知溜搭鬼与小低搭鬼从色鬼家回来，好得如胶似漆。及至下作鬼到家叩门，溜搭鬼闻听是他丈夫声音叩门，与小低搭鬼不觉大惊。溜搭鬼遂心生一计，如何对答，方才与下作鬼开了门。下作鬼进得门来，一见小低搭鬼，不觉大怒，顺手在门后取了一杆顶门铁枪，照着小低搭鬼的咽喉飕的就是一枪。

  要知小低搭鬼性命如何？且听下回分解。

---

[1] 咎戾：罪过。

第五回

唐钟馗火烧不修观

话说下作鬼见了小低搭鬼，不容分说。举枪就刺。幸小低搭鬼眼力乖滑，将头一低，下作鬼用枪过猛，那枪头直透门扇。急且不能拔出，慌得溜搭鬼向前抱住下作鬼道："不问青红皂白，就弄枪弄刀的，难道杀了人是不偿命的吗？"下作鬼也自知过于鲁莽，转脸问道："他是何人？你缘何留他在家？细细讲来！倘有半字虚假，我如今较往常大不相同，断断不能甘休。"溜搭鬼道："他姓刘，名得柱，是我的同胞兄弟，今日早间才到咱家来的。"下作鬼道："这就错了，娘子你姓胡，他姓刘，如何是同胞兄弟？"溜搭鬼道："其中有个缘故，当初我母张氏、父亲胡浑，生俺姐弟二人。父亲去世，奴已五岁，这个兄弟尚在怀抱，他随娘改嫁刘姓，所以姓刘。我来你家，今已三年，若是虚假，你可见过丈人丈母吗？"下作鬼愣了半日，噗的笑了一声，说道："内弟休怪！到是愚姐夫的不是。"遂拉着小低搭鬼的手，让他坐下，问道："内弟一向家住何处？因何音信不通？"小低搭鬼也就顺着溜搭鬼的话，支吾了一回。下作鬼也就不深究了。溜搭鬼问道："你方才说你与往常大不相同，难道今日你有了什么下作前程不成？"下作鬼遂将无二鬼为王，封他为军师，现在来接家眷同享荣华的话，细细说了一遍。溜搭鬼听说，喜的嘴也合不上，说道："各样俱好，就是在他家同院居住，有些不便。"下作鬼道："不必撒清，速速收拾行李，不时就有人马轿夫来接。"溜搭鬼道："俺兄弟亦可同去吗？"下作鬼道："这个自然。"说着，只见从人报道："人马轿夫已到门了。"溜搭鬼上了轿子，小低搭鬼紧紧跟随，下作鬼马上押着行李，来到无二鬼家中。无二鬼一见溜搭鬼，不胜欢喜，名为下作鬼的家眷，实为无二鬼的压寨夫人。小低搭鬼也做了无二鬼的亲随伴当。下作鬼居心大方，却也不甚拘滞。这且按下不表。

再说钟馗自从领了阎君命令，未免晓行夜宿，饥食渴饮。行了一月有余，一日在路上，向大头鬼道："吾们一路行来，过了多少城市山林，并不曾遇见一个鬼，倘然当面错过，大功何日可成？尔等须各要留心！凡有行径诡谲、踪迹可疑者，即行盘诘，不得有误！"大头鬼四人俱道："遵令！"又走了百余里路程，忽见一人，冒冒失失而来，抬头一看，回身就跑。伶俐鬼纵步赶上，双手揪到钟馗面前禀曰："这人行踪可疑，乞元帅盘诘施行！"钟馗问道："你既悻悻而来，为何见了本帅又回身跑去？其中必有缘故，若不实说，定然斩首！"那人战栗禀道："前边墨松林内，有一不修观，今改为大放寺。寺内有一短命鬼与一色鬼，这短命鬼甚是不长远，小人方才自寺门口经过，适与短命鬼相遇，恐上了他的短当，有些害怕，所以如此慌张。"钟馗又道："短命鬼是如何短法害人？"那人答道："他不论人之厚薄，也不论事之大小，专以短见害人，哄人上了竿，他就抽了梯；哄人过了河，他就拆了桥。他现烧香现捏佛，烧了香毁了佛；现吃饭现支锅，吃了饭拆了锅。他生平说的是短话，做的是短事，专以短见杀人、害人、骗人、哄人、欺人、灭人，所以人叫他为短命鬼。人若撞见他，跑的慢了，就吃了他的短亏。"钟馗问明，将这人放去，率领鬼卒，直扑墨松林而来。及到墨松林内，果见一座山门，山门下站着一个短人，生的短手、短胳膊、短腿、短身子，穿着短道袍、短鞋、短袜、短裤子，手中拿着一把短刀子，见了钟馗就要使他的短武艺。不料大头鬼走向前去，给他一个措手不及，拦腰挟将过来。钟馗叫他跪倒面前，手提青锋宝剑，望着他的短颈，就是一剑。钟馗力大身重，反把自己闪倒在地。起来看时，短命鬼踪影全无。原来短命鬼与针尖和尚学了五行土遁，见缝就钻。钟馗举剑砍时，他已借地下蚁穴遁去。遁回寺内，将被抓获逃遁的事，向色鬼说知。仍从后门借土遁去了。

色鬼仗着自己法术精通，将衣冠装束齐整，托了一杆不倒金枪，来到山门以外，大声喝道："何处邪毛外祟，敢在此间放肆！早早前来纳命！"钟馗同大头鬼等，遍地寻找短命鬼不着，正在纳闷，忽听有人搦战。大头鬼与大胆鬼向钟馗禀道："末将愿往擒此妖鬼！"钟馗道："须要小心！"大头鬼、大胆鬼各执兵器，出得墨松林来，见色鬼耀武扬威，正在那里索战。大头鬼道："早通姓名！俟俺斩了你，好勾除鬼录上的名字。"色鬼道："俺乃针尖和尚的门人，短命鬼的师弟色鬼是也。"大头鬼听得色鬼二字，不容分说，手执银锤，直向色鬼的胸前打来。色鬼用枪拨开。锤来枪挡，枪去锤迎，战了二三十个回合，不分胜败。大胆鬼见战色鬼不下，举起蒺藜唧嘟，踏开大步，直奔前来助战。色鬼见势头不好，口中念念有词，一腔热血喷出，大头鬼晕倒在地。浑身血染，如红花缸内提出的一般。幸大胆鬼敌住了色鬼，精细鬼、伶俐鬼急向前，将大头鬼救回。大胆鬼抖擞精神，未及十数回合，色鬼已觉招架不住，又口中念念有词，用手在鼻上连击三拳，鼻孔内喷出两道三焦虚火。大胆鬼急转败走，被虚火炙得的须发俱已蜷曲。色鬼也不追赶，竟回大放寺去了。且说大胆鬼败回，将与色鬼如何致败情由，细细说了一遍。钟馗道："吾等奉命而来，初次对敌，如此不利，大功何日得成？"心中甚是焦躁。伶俐鬼向前禀道："元帅不必愁闷，俺有一计，须如此如此，色鬼定然被擒。"钟馗闻言，暗暗应许。幸而色鬼的三焦虚火，与那一腔热血，不能伤人性命。大胆鬼不过须发蜷曲，大头鬼将腥血洗去，依然精神如故。晚膳以后，到了三更时分，伶俐鬼同众鬼暗暗来到了大放寺的门前。令大头鬼把住后门，精细鬼把住前门，自同大胆鬼起阵阴风，驾起云头，进了寺内，先盗了他的不倒金枪。然后用黑狗血照定色鬼的阴魂喷去，破了他的三焦虚火，遂大声喝道："色鬼还不起来纳命！"色鬼从睡梦中惊醒，身不及衣，足不及履，手中又无了枪，口中又喷不出三焦虚火来，没奈何从窗洞内跳出，开后门就跑。大头鬼在门外听得门响，从旁一锤打倒，又劈面一锤，色鬼脑浆迸裂，结果了性命。大头鬼进去会同了大胆鬼等回至墨松林禀知钟馗。钟馗大喜，遂将《平鬼录》上色鬼的名字勾去，到天明，率领四大鬼卒，到了大放寺内，寻找余鬼。及至方丈，闻得夹皮墙内，似有妇人声音，遂向前打开，见有十余个少年妇女走出来。钟馗问道："尔等何处人氏？在此何干？"那妇女道："俺俱是下作鬼的表嫂子，因去年三月三，来庙烧香，被色鬼与短命鬼强留在此，求爷爷饶命！"钟馗道："我把色鬼打死了，你们去罢。"众妇女叩头谢恩，各自散去。钟馗令前后放火，顷刻将不修观烧成灰烬。钟馗道："今灭色鬼，实伶俐将军之功，记在功劳簿上。但短命鬼不知去向，倘再获住，即行斩首。方消我恨。"言罢，遂率众又往前走，寻找短命鬼去了。

欲听后事如何，且看下回分解。

第六回

短命鬼被擒子母山

话说短命鬼从不修观后门，借土遁逃走，在地中行了一日一夜，约略去钟馗已远，突从地内钻将出来。他愣了半日，心中想道："素日我曾听人说，自我进不修观为僧之后，我母亲家中又生了一弟，诨名叫无二鬼，现今长大成人，在万人县里居住。我不如前去寻他。奈何不识路径，如何是好？"抬头往北一看，见远远的土坡下有数间草屋，傍着溪边，柳树上挑出一个酒帘儿。短命鬼料是村庄，定有人家知道路径。遂直奔来，路旁忽见一个柴夫，挑着一担山柴，短命鬼问道："借问大哥，这里叫什么地名？"那柴夫答道："你过来的是断肠岭，前边大树林边，是有名的断肠坡。"短命鬼问了，直望着断肠坡而来。来到坡边看时，有一株大树，四五个人搂不过来，上面都是枯藤缠着。抹过大树边有一个酒家。短命鬼进了酒店，见店内先有四五个大汉在那里吃酒，一个道："远远望着只道来了一个小孩子，不料想却是一个三寸钉。"短命鬼道："我不曾与你相识，因何开口就骂人？"一个立起来道："骂你还是小事。"遂用手抓住短脖子，将短命鬼翻倒在地，用绳索将他手足捆了。那上面坐的一个大汉道："不用两人抬他，只叫一个人用根棍子，将他手足穿了，挑上山去就是了。"果然一人用根棍子，将短命鬼挑起。任凭短命鬼怎么哭叫，谁肯放他，如打狗的一般，挑上山去，绑在将军柱上。有几个小喽啰说道："大王方才酒醉睡熟了，且不要去报。候大王醒了，禀了大王，把这个孩子的心肝扒出来，给大王做碗醒酒汤吃,我们大家也吃块嫩肉。"短命鬼在将军柱上,足不连地,欲借土遁走也不能。约至三更时候,只见厅背后走出三五个喽啰来,说道:"大王起来了,把厅上的灯烛剔得明亮些。"又见那大王走出来,坐在东边交椅上,问道:"喽啰们,你们那里拿得这个小孩子来?"喽啰答道:"小的们正在咱那酒店门首巡哨,见这个小孩子独自走来,因此拿来献与大王做醒酒汤吃。"那大王道:"正好,快去请二大王来!"众喽啰去不多时,只见厅侧边走上一个人来,在西边交椅上坐下。那大王道:"喽啰们快些动手,扒出这孩子的心肝来,做两碗醒酒的酸辣汤吃。"只见一个小喽啰,端一大瓦盆水来,放在短命鬼的面前。又见一个小喽啰挽着袖子,手中拿着一把明晃晃的剜心尖刀。那个端水的,两手端起水来,照着短命鬼心窝子就浇。原来人的心,都是热血裹着,把这热血用凉水浇散了,然后取出心肝来时,便脆了。那喽啰浇水,直浇了短命鬼一脸,那短命鬼仰面叹了一口气道:"无二鬼我那亲兄弟呀!你怎知你哥哥死在这里?"那大王听得无二鬼三字,便喝住喽啰道:"且不要杀他,他方才说什么鬼?"喽啰禀道:"他说无二鬼我那亲兄弟呀!你怎知你哥哥死在这里?"大王闻听此言,慌忙走过来,走至短命鬼面前,问道:"你与无二鬼有甚亲眷?"短命鬼道:"无二鬼是我的胞弟。"二大王道:"天下重名姓的无二鬼甚多,问他是在那里住的?"短命鬼道:"是在万人县没人里踩遍街住的。"大王闻言,吃了一惊,遂夺过那喽啰手中的剜心尖刀来,便把绳索割断,扶到厅上,请他坐在正中交椅上,低头便拜。短命鬼问道:"二位大王何故不杀小人?二位大王高姓大名?与舍弟有何亲戚?"那大大王道:"此处名为子母山,弟名讨债鬼。这一个是我的胞弟名叫混账鬼,皆与无二哥是结拜兄弟。今日不知是无大哥到此,以致大哥受惊,得罪,得罪!惟求大哥宽谅!但大哥既与无二哥是一母同胞,为何不同在一处居住？今尊驾却从此地经过，不知意欲何往？"短命鬼即把年幼为僧，以致前日被钟馗擒住，又借土遁逃走，如今要赴万人县里寻找无二鬼去，不识路径的话，细细说了一遍。讨债鬼也将所以在子母山为王，积草屯粮，招军买马，全为预备钟馗的话，也细细说了一遍。一面叫喽啰摆上筵席，请短命鬼用了饭。又叫喽啰服侍短命鬼安了歇。讨债鬼向混账鬼道："幸而俺听得无二鬼三字，将他放下来，若是杀了他，无二哥知道了，如何是好？"混账鬼道："就是将他杀了，无二哥如何得知？"二人说了一会，亦各自去睡了。

次日清晨起来，讨债鬼与混账鬼陪着短命鬼用了早饭。讨债鬼道："大哥难得到此，在此多住几日，俺再差喽啰送你去，你若不去，即同愚弟兄在此协守子母山亦好。"短命鬼道："俺兄弟虽系同胞，数十年来未曾见面，念弟心切，断难再迟。"讨债鬼道："既如此，俺差人送大哥前去。"遂吩咐喽啰，预备行李盘费，讨债鬼二人亲送下山。又嘱咐喽啰道："无二爷现在奈河督修战船，你将无大爷送到奈河去罢。"短命鬼一拱而别。喽啰背了包裹行李，短命鬼随后，行了数日，远远望见桅墙林立，轴舻横空，喽啰指道："那战船就是无二爷亲自督修的，河边就是大寨。"说话间来到了辕门。喽啰与那门军都是相熟的，向前拱手道："借重传报一声，只说王爷的亲哥，大爷来了。"门军进内报知无二鬼。无二鬼闻报，呆了半晌，下作鬼道："大王前日曾言及有一令兄，自幼入不修观为僧，或者闻得大王得了王位，前来相投，亦未可知？"无二鬼恍然大悟，遂吩咐有请。将短命鬼迎入中军帐内，短命鬼遂把他出家为僧的话，说了一遍。问及家事，短命鬼才知他父母相继而亡，闻言大痛。无二鬼也落下几点泪来问道："大哥离此不得甚远，为何总不回家来看看？"短命鬼道："起初不修观内，

只有师父一人，无人照管。及至后来添了色鬼师弟，师父又回

山去了,所以未得回家。"下作鬼在旁道:"大哥如今自然是闻得无二哥得了王位,所以前来。"短命鬼道:"并不知二弟在此为王。愚兄只因被钟馗无故捉去,举剑就砍,幸俺借土遁逃走。他且说务要将咱这一类鬼辈,尽行斩绝,方消他恨。大约不久就到此了。后又闻得色鬼师弟,已被他擒斩了,不修观他也放火烧了。我因无处栖身,所以前来。"无二鬼闻听此言,心中大怒,向下作鬼道:"不料钟馗这等可恶!若待他兵临城下,阻挡就难了。不如俺先杀向前去,给他一个措手不及,杀他一个片甲不归,方知俺的厉害。"下作鬼道:"不可,倘然失利,悔之无及。不如在此等他,左有望乡台,右有蒿里山,还可彼此救应。"无二鬼那里肯听,着短命鬼看守营寨,遂带了大小三军,骑上了一只净街虎,手拿一柄皮锤。下作鬼手使一根竹竿,打着一面顺风旗。小低搭鬼骑着一个臭蛆,头前引路。舛鬼骑着一只鸮[1]鸟,手使一根丧棒,督催后阵。万人县城上放了三声灭信炮,出了城门,过了奈河,迤逦而来。行了三五日,忽然劈面迎着钟馗。无二鬼抬头一看,遂勒住了净街虎,大声喝道:"来者黑头黑脸的,莫非就是钟馗?"钟馗道:"然也。"无二鬼闻听钟馗二字,并不再言,举锤就打。钟馗举剑相迎,战不数合,被钟馗回马一剑,正对无二鬼的脸砍来。谁想那无二鬼的脸,原来是磁瓦子打磨了,又用生漆漆了,至壮不过的一幅子皮脸。一剑砍来,火星乱爆。无二鬼有件法术,名为"黑眼风"。凡和人打仗,必定先使他"黑眼风"吓人。今被钟馗砍了一剑,当下他就使起"黑眼风"来。只见无二鬼照着钟馗把眼一瞪,即刻黑风陡起,乌烟瘴气,顷刻天昏地暗,日月无光。且是这"黑眼风"里边有许多的恶鬼,俱带着碜款[2]:有摇头的,有跺脚的,有呲牙的,有瞪眼的,有骑马的,有使枪刀的,有活捉

---

[1] 鸮(xiāo):猫头鹰。
[2] 碜(chěn)款:丑样子。

人的，有迷糊人的，种种不一。滑喇喇一声风响，竟把个钟馗和四名鬼卒，刮到半悬空中，上不沾天，下不连地，飘飘摇摇，不知刮到那里去了。

要知钟馗性命如何？再听下回分解。

第七回

五里村酒店收穷鬼

话说钟馗被无二鬼的"黑眼风"刮起，犹如驾云一般，天昏地暗，不辨东西南北。大头鬼等惟恐与钟馗失散，紧紧相随，这且不表。再说那万人县内的百姓，被这些无二鬼、下作鬼等，诸日欺诈诓骗，闹了一个翻江搅海，鸡犬不宁。你说那百姓怎样受害？下作鬼的武艺，仗着低坏邪戳铦[1]。无二鬼的武艺仗着歪赖刁鳄口。舛鬼的武艺仗着舛气扑人，令人万事不利。三鬼之中，惟下作鬼更甚。外面与人相交，却是极好，他肚里却藏着个令人不测的心眼子。不论亲疏厚薄，是个人他就低一低；不管轻重大小，是件事他就戳一戳。他心里不是低坏，就是戳邪，把这低坏戳邪，叫轮流换班伺候，铦之一字，令早晚听用。更可恨者，帮着有势的欺人，有力的讹人，惹得万人县中，人人秽骂，个个切齿，他却不理之焉。所以万人县里的百姓，给他起了一个绰号，叫他是"臭鸭蛋"言其是个"坏黄子"。

那万人县城南有一座山，名为磨天山，离城有百余里。那山顶上下视日月，立数星辰，其高无比。山下有一村，名为悆人村。村内有一人，此人姓能名吃亏，生了两个儿子，长子名叫能忍，次子名叫能让。父子三人俱是受气生理。他父子三人常受下作鬼无数的气，总是忍气吞声，直受而不辞。一日能吃亏向他两个儿子道："咱家一家不知受了他多少气？何日是个了？"能忍道："屑小事情，何必较量？

---

[1] 铦（tiǎn）：诱取。

常言说得好,省事饶人,过后得便宜。不必理他。"能让道:"恶人自有恶报,即或不报,亦自不妨。全算咱前世里少欠下他的气债,今世还他何妨?"能吃亏道:"虽如此说,到底叫人心中不快。昨日闻听人传言说,不久就有一个平鬼大元帅,姓钟名馗,来斩除他们。但不知为何至今还不见到来?或者钟馗不知他们在这万人县里?来到半路之间,又回去了,也未可知?不如我们虔备金银香烛供献上,在咱这磨天山顶上,望空祷告一番,求那位钟馗老爷,早来斩除他们,绝此大害,岂不是好。"能忍、能让俱道:"言之有理。"遂出门传了许多老老少少,男男女女,各携着金银香烛供献,能吃亏在前,众人在后,拥拥挤挤,齐往磨天山而来。一路行走,人多嘴杂,这个说:"下作鬼如此害人,一定是个鳖星照命。"那个说:"你看那鳖见了人把头缩在肚里,这下作鬼伸着头去打听事,如何是鳖星照命?"这个说:"不是鳖星照命,定是兔子下生。"那个说:"也不是,你看那兔子,嘴上是有豁的,说话不得爽利,这下作鬼能把个滚圆的葫芦,说的长出个把来,如何是兔子下生呢?"又一个说:"你们俱说错了,他原是个狗星临凡,你看那狗不论大小,总是谁家喂他,他就给谁家看家。这下作鬼谁家给他点子吃,便替谁家瞎□□,不是个狗种是什么?"

一路胡言乱语,不多时来到了磨天山顶上。一齐摆上供,焚上香,烧了金银,倒身下跪,各人把那受害的情节诉了一遍,齐声叫苦连天。只见一股子冤气,直往上升。不料想这股子冤气,正冲着无二鬼刮钟馗的那一股子"黑眼风"。那"黑眼风"原是邪风,那冤气原是直气,以正直之气而冲邪术之风,焉有不冲散之理。故"黑眼风"被冤气冲散,将钟馗与四名鬼卒,从半悬空中掉将下来,正落在那磨天山山顶上。众人一见,吃了一惊,齐往山下就跑。钟馗喝住道:"尔等在此何干?速速供来!免汝不死。"能吃亏有些年纪,抖了抖精神,壮着胆子,走向前跪下禀道:"俺是万人县里的子民,因无二鬼和下作鬼作践的难堪，闻得钟馗老爷要来平他，总不见到来。俺众人无奈，在此烧香上供，祷告求钟馗老爷早到，以除此一方之害。不料冲撞了尊神，只求尊神老爷饶命！"说罢，只是磕头。钟馗道："尔等不必惊慌，俺便是平鬼的钟馗。"众人闻听是钟馗驾到，只说众人虔诚感了来的，齐上前重复磕了头，都把那受害咸渊的情由，又诉了一遍。钟馗道："此山去万人县有几里路程？"能吃亏道："只有百十余里，但中间尚有两座恶山，爷爷须要小心！"钟馗道："不妨，尔等且自散去。"能吃亏和众人谢了钟馗，个个欢喜，人人念佛，俱各下山去了。钟馗率领着四名鬼卒，也下得山来。只见前边山脚下有一座酒店。钟馗道："我们用些酒饭，再往前行。"及至进了酒店，钟馗与四名鬼卒用了酒饭。钟馗问店小二道："这里叫什么地名？"店小二道："这村去磨天山有五里之遥，此处故名五里村。"钟馗正与店小二说话，忽见店外一人在前行走，后边一人拉着衣裳，寸步不离，嘴里咕咕哝哝，说了许多不中听的话。前边那人，却是一言不发。钟馗问店小二道："这店外两人是做什么的？"店小二道："那前边走的是俺这村东头住的忧愁鬼的女婿，叫做穷鬼。他原在万人县城里居住。听得人说无二鬼与下作鬼邀他合伙，他执意不从。二鬼后来便骂他，又要寻事打他，他在那城里住不的了，所以暂住在他丈人家。那后边的那个人，是这西北子母山上住的，那山上有一座寨，名为阎王寨，寨主名叫讨债鬼。此人是讨债鬼的兄弟，名叫混账鬼。他说穷鬼欠他的账目未清，穷鬼说久已清楚了，他不欠他的，故此混账鬼拉着他吵闹。"钟馗闻言大怒，唤大胆鬼吩咐道："方才过去的那两个人，前边是个穷鬼，后边是个混账鬼，赶上去，将混账鬼斩了，将穷鬼带来回话。"大胆鬼手提蒺藜骨朵，赶上前去，大声喝道："混账鬼那里走？"混账鬼见来势不善，遂从怀里摸出了一面算盘来，举起算盘，迎将前来。大胆鬼手举蒺藜骨朵，劈面相迎。

两个战了三两个回合,那混账鬼只有招架之功,并无还手之力,幸而腿脚利便,且战且跑,顷刻间,跑出了百步之外。大胆鬼也不追赶他,遂捉了穷鬼来见钟馗,禀道:"混账鬼战败逃走,捉得穷鬼当面。"钟馗抬头一看,只见那穷鬼头戴一顶愁帽,身披一领破蓑衣,手里拿着一块麻糁,心广却是体瘦。瘦的只落了一张皮,包着一把穷骨头。钟馗问道:"你叫什么名字?"穷鬼见问,遂躬身行了一套穷礼,答道:"晚生名叫穷鬼。"钟馗听说一个鬼字,怒从心生,拔剑就砍。穷鬼慌忙跪下,磕头道:"有下情禀上,晚生本来不是穷鬼,昔日也有几亩田地,也有几间宅房。只因晚生素性迂拙,几亩田地被混账鬼混去了一半,又被下作鬼奉承去了一半,只落得上无片瓦,下无锥扎,没奈何,千方百计,又凑了几串铜钱,做了一个小小生意,以为养家之资。不幸又遇着舛鬼。这舛鬼更是可恶,早晚在我铺里,死没眼色,贫嘴呱舌,觑烟吃,骗茶喝,夸他的儿子俊,说他老婆好,没上半年,□了我个本利净光。我才成了个穷鬼。"钟馗道:"店小二说无二鬼与下作鬼邀你合伙,你执意不从,却是为何?"穷鬼笑道:"无二鬼与下作鬼也是该当天败,恰好叫晚生遇着尊神。若是尊神肯纳晚生之言,那无二鬼与下作鬼旦夕可破。"钟馗闻听不觉大喜。

究竟穷鬼说出什么言语?用何方法破敌?再听下回分解。

第八回

溜子阵战败遇穷神

　　话说穷鬼对钟馗道："俺如今虽穷，幼年也曾使枪弄棒，舞剑抡刀，十八般武艺，件件都会。就是这块麻糁，也是仙人传授的，打人于百步之外，百发百中。饿时又可充饥，只因人穷志短，彼众我寡，故此暂且躲避于此。即这混账鬼晚生非不能敌他，实是不屑与他较论。尊神如肯将俺收用，定能破无二鬼与下作鬼并舛鬼的法术，与往万人县里去的路径，俱各纯熟。"钟馗闻言大喜，说道："本帅收你为'破鬼前步先锋'，你可愿意吗？"穷鬼叩头谢恩道："既蒙收用，冲锋破敌，死而无怨。"钟馗当下就令与四大鬼卒相见了，又吩咐店小二，拿酒饭来与穷鬼吃。这且不提。再说那混账鬼逃回子母山，把战败的情由，细细说了一遍。讨债鬼闻听，气得三尸暴跳，七窍生烟。遂升了流水大帐，聚将鼓响，众喽啰身披铠甲，手执兵刃，俱赴大帐伺候。号令一声，三声炮响，讨债鬼出了大帐，上了铜法马，手使一根逼命杖，下了子母山呐喊摇旗，杀奔五里村而来。来到村外，列开阵势，声言不寻别个，单叫穷鬼出来算账。那穷鬼此时正在店中吃饭，忽见店小二跑来说道："不好了！今有子母山寨主，讨债鬼大王，领兵前来，声言叫穷鬼出来算账。你快快出去，不可连累我们。"穷鬼闻听此言，来到钟馗面前禀道："小将蒙元帅收用，愿擒此毛鬼，以为晋身之阶。"钟馗许诺。穷鬼又禀道："小将的坐骑，现在丈人家中，回去取来，即便出战。"说罢，遂从店中后门出去，到了忧愁鬼家中，骑上他的瘦骨驴，手拿麻糁，来到两家阵前，与讨债鬼正撞个满怀。那讨债鬼并不问话,手举逼命杖,劈面就打。不料这穷鬼脸皮嘴巧,心机灵动,不用思索,随机应变,善于支吾,紧来紧支吾,慢来慢支吾,左来左支吾,右来右支吾,未来先支吾,不来预支吾——千方百计,支吾的个讨债鬼,汗流浃背,无计可施,卖了一个破绽,败阵就走。穷鬼不知死活,见讨债鬼败去,满心欢喜,两腿将瘦骨驴一磕,随后赶来。讨债鬼听得铁铃响亮,回首一看,见穷鬼赶来,遂将铜法马勒住,遂下了铜法马,左手执着虎头藤牌,右手提着短逼命杖,就地一滚,转瞬之间,已滚到穷鬼的面前。穷鬼见他滚来得厉害,驳驴就跑,讨债鬼紧紧的滚来追赶,他的杖也重,力又大。这穷鬼腰里又没劲,随战随跑,穷鬼只有招架之功,并无还手之力。穷鬼正在危急之际,心生一计,用手将瘦骨驴勒住,向讨债鬼道:"你这等滚战,俺死不甘心,我摆一阵,你若破得,我即死而无怨。"讨债鬼道:"俺被你支吾怕了,倘我一退,你若脱逃,岂不便宜了你。"穷鬼道:"我虽穷岂是脱逃之辈,俟我摆就阵势,即请尊驾进阵来打。尊驾倘打不开,若被俺擒获,也不可后悔。"讨债鬼道:"我看你摆什么阵?"遂吩咐三军,暂将人马退后,且看穷鬼摆阵。再说这穷鬼并无人马,如何摆得成阵势?那知道穷人自有穷人的武艺。那穷鬼在五里村前地下,用鞭杆顷刻间画成了一个阵图,名为"溜子阵"。内边暗藏着七闪八躲,九跑十藏,四般妙用。周围门户生克,闪出一条盘香路来。内有无穷的变化。穷鬼将阵摆完,来到阵前,大声喊道:"讨债鬼进阵打阵!"讨债鬼闻听此言,带了几名贴身的喽啰,闯进阵来。穷鬼一见,先将七闪八躲的法儿,施展出来。讨债鬼这根逼命杖,自东打来,他往西闪。自西打来,他往东闪,自后打来,他往前躲,自前打来,他往后躲。穷鬼只这几闪几躲,闪躲的个讨债鬼杖杖落空。战了百十回合,讨债鬼总不能取胜。此时讨债鬼十分焦躁,眉头一皱,计上心来。也使了一个法术,将他胸前狮头带子,略松了一松,口中念动咒语,喝声道:"出!"

只见从袍甲内吱吱有声,飞出来了一些饿皮虱子。大如飞蝗,黑白两种,直向穷鬼身边飞来。不论头面身上,见肉就叮,叮的个穷鬼其疼钻心刺骨,甚是难当。此时穷鬼闪也不能闪,躲又不能躲,跑也跑不了,藏也藏不清,又被逼命杖逼的上天无路,入地无门,少不得顺着那条救命的盘香路,败将下去。讨债鬼见穷鬼败走,也催动他的铜法马,随后赶将下来。穷鬼见阵内不能藏身,将瘦骨驴一领,从"溜子阵"后宰门里逃出阵来。正要舍命逃走,忽见一人面黄肌瘦,身高八尺,头戴乌纱破帽,身穿狗皮亮纱蟒袍,足登粉底盆靴,拦住去路,大声喝道:"穷鬼还不下驴!"穷鬼道:"俺和你无冤无仇,为何挡住俺的去路,致俺于死地?"那人道:"贤契不必害怕,俺乃穷神是也。知你有难,特来相救。"穷鬼闻听此言。下驴倒身下拜道:"求尊神速速救命!那讨债鬼后边追赶下来了。"穷神道:"贤契莫慌,我自有宝贝擒他。你仍回阵去,将那讨债鬼引到此处来。"穷鬼闻言,又上了瘦骨驴,回到阵中。只见讨债鬼正在阵中,东张西望,寻穷鬼不着。遂大声喝道:"讨债鬼休走,看我擒你!"讨债鬼一见穷鬼,并不答话,举杖就打。穷鬼用麻糁隔开,又一杖打来,穷鬼回驴就跑,讨债鬼那里肯松,一直赶出后宰门来。穷神看得真切,遂从囊中,取出来了一件宝贝,名为"法网",照着讨债鬼撒去,把一个讨债鬼罩在网中,左冲右突,总不能出来。穷鬼一麻糁,将讨债鬼打下铜法马来。穷鬼遂下了驴,用脚踏住后心,腰里抽出来一把空钱串子,将讨债鬼捆住。才要来谢穷神救命之恩,只见混账鬼又杀奔前来。穷神道:"你再将混账鬼引来,我另有法术擒他。"穷鬼闻言,仍回阵去。这穷神又从囊中取出六块骨头来,按上下四方摆定,只见那混账鬼追赶穷鬼前来。穷神一见,急将六块骨头,照着混账鬼一摇,那混账鬼一阵眼黑,跌翻在地。穷鬼上前踏住。也用空钱串子捆了。走近穷神面前,叩头谢道:"若非恩师大展神通,如何能成此大功!但不知恩师擒他,是何法宝?"

穷神道："这两件宝贝是俺一生得心应手之策,也不知救了多少穷人。头一件名为法网,又名为绝命网。第二件名为救命骰,又名为摇会。这两件宝贝,正是治讨债鬼与混账鬼的对头。他俩既入其中,如何能逃。你解他两个前去请功,异日自有好处。"说罢,遂化阵清风而去。穷鬼又望空拜谢了,将讨债鬼、混账鬼押赴酒店,来见钟馗。钟馗一见大喜,即命大头鬼将讨债鬼与混账鬼斩首,把这两颗鬼头,挂在店外树上,号令示众。这五里村中,老传少,男传女,东传西,近传远,大大小小,男男女女,都知道钟馗斩了讨债鬼、混账鬼,除此大害,齐来店内叩谢钟馗。钟馗道："尔等素日如何受害?"内中一人道："自从这子母山上,来了他两个在此为王,欠他少的,他偏说多。还了他的,他说账尚未清。真真受他无穷之害。"又一老人道："俺这村中有一童谣,待念来与老爷听,老爷便知俺这附近之民,受害之大。"那老者念道:

北山揭来东山赌,个个卖了坟头土。

人若识破此中趣,气死头家喜死祖。

钟馗道："此童谣如何讲解?"那老人道："北山,就是子母山,这村内不肖的子孙到那里揭了钱来。东山赌,俺这东山之东,有一个赌鬼,专做头家,开赌博厂,引诱好人家儿孙在他家赌钱,不过几年,输的坟地都卖了,所以造出这个童谣来。"钟馗道："如此说这赌钱鬼,比那讨债鬼、混账鬼为害更甚了。尔等指明去向,俺也与你们斩除了何如?"众人欢天喜地的指出地方来。有分教:

飞蛾扑火身顷丧,怒鳖吞钩命必伤。

要知赌钱鬼的性命如何?且听下回分解。

第九回

桃花山收服两兄弟

话说当日金乌西坠、玉兔东升，钟馗就在五里村店内，宿了一夜。次早起来，众乡民送出村外，指明去路。穷鬼在前引路，钟馗同四大鬼卒在后，迤逦行来，不觉又是巳牌时分。远远望见前面满山遍野，一片红光。钟馗向穷鬼道："前面不知是何地方？因何这等光景？打探明白，再往前进。并问明去赌钱鬼那里，还有多少路程？"穷鬼去不多时，回报道："山上山下都是桃树，现在三月天气，桃花盛开，所以红光夺目，昨日乡民说道，去桃花山三十五里，便是赌钱鬼窝赌之处，想必这就是桃花山了。"钟馗道："不料此地却有此美景！我们缓缓而行，大家观玩一番。"

钟馗和四大鬼卒，说说笑笑，不多时已离桃花山不远。穷鬼忽指着那桃树林内禀道："看那林内有人伸头探脑，此处莫非有歹人吗？"钟馗笑道："总有几个毛贼，谅他也不能成其大事。"说犹未了，只见前面山嘴上，锣鸣鼓响，穷鬼道："不好了，速速作准备！"钟馗拔出青锋宝剑，穷鬼举起麻糁，大头鬼四个亦各持兵器，一齐催马向前。只见山坡边闪出三五十个小喽啰，当先簇拥出一条大汉，高声喝道："是何处恶鬼敢从此经过？识时的，速束手受缚，以供俺兄弟早晚食用。倘敢迟疑，定先斩首，用盐腌了，以备俺零碎受用。"钟馗闻言，抬头一看，只见那人身高丈二，膀阔三尺，金盔金甲，手使一根齐眉九节桃木棍，不像绿林中朋友。钟馗出马喝道："看你堂堂一表人物，正该给皇家出力，为何在此落草为寇，掳将行人，是何道理？"那人并不回言，举棍就打，钟馗用剑相迎，你来我往，战了十数回合，不分胜败。穷鬼见钟馗战那人不下，看的亲切，从后一麻槮打去。那人往前拾了两拾，仍然举棍鏖战。众喽啰见主人吃亏，一齐向前，大头鬼四人，接住厮杀，如风卷残云，顷刻将三五十个喽卒搠[1]死一半。其余尽皆逃散。大头鬼等乘势一齐助战，那人虽勇，如何抵挡的住。穷鬼瞅空，一麻槮打去，那人往左边一歪，大头鬼赶上一锤，打翻在地。钟馗道："不要伤他性命，且将他绑起来。"大胆鬼、精细鬼将他两手绑缚，拥至钟馗面前跪倒。钟馗道："你姓甚名谁，何方人氏？缘何在此落草？讲的明白，饶你性命！"那人叩头禀道："俺名郁垒，胞兄神荼，祖居东海度朔山大桃树下。因性好食鬼，每获一鬼，用苇索系之，终不能去。倘若不服，鞭以桃条。二十年来东海之鬼，被俺食尽。因于去岁，就食此山。方才鬼卒误报，说是有恶鬼经过，小人所以持兵器前来。不知尊神降临，多有冲撞，望乞饶恕！"钟馗道："吾乃钟馗是也。奉阎君之命，封俺平鬼大元帅，往万人县斩鬼除害。尊驾素好食鬼，何不随俺前去，平鬼立功，将来好成正果。"郁垒叩头道："愿随鞭镫。"钟馗令解其缚，正要细问，忽闻山下人喊马嘶，旗幡招展，有一二百喽啰，拥簇着一条大汉杀奔前来。钟馗合众鬼卒，各执兵器预备迎敌。郁垒上前阻道："元帅暂息虎威，这必是胞兄神荼。听俺被擒，领喽啰杀下山来。俺去说他前来，拜见元帅。"说罢，趐[2]身便走。不片时郁垒领那人来钟馗面前，将兵器撒下，纳头便拜道："不知元帅驾临，多有得罪，方才听兄弟说，已蒙元帅不弃愚贱，收录麾下。元帅请上，愚兄弟情愿以弟子之礼相拜，伏乞容纳！"钟馗听罢大喜道："如此深合愚意。"神荼二人拜了四拜，从此即以师弟相称。神荼呼众喽啰，都来磕了头，上前禀道："请老师和众兄弟到山寨，歇息两日，

---

[1] 搠（shuò）：刺，扎。
[2] 趐（xué）：折回，旋转。

再往前行。"钟馗许诺，神荼二人，与众鬼都相见了。令郁垒头前引路，神荼就服侍钟馗上马，在旁随行。及到山顶，将钟馗让在草堂正中坐下，神荼兄弟，又行过大礼。在两旁陪侍，令小头目陪穷鬼四众，在厢厅坐了。吩咐喽啰，看酒摆筵。

钟馗细看神荼与郁垒汉仗无异，但只见神荼是银盔银甲，手使一杆浑铁点钢叉，惟面庞与郁垒不同。郁垒生得面如银盆，圆眼长须。这神荼面如生漆，两眼接耳，两眉朝天，海下一部络腮胡须，切如铁线。钟馗看罢，问道："二位贤契性好食鬼，还是将鬼获住，择其不循理者食之，还是每获一鬼，不论贤愚，一例食之？"神荼道："那有工夫辨他的贤愚？"钟馗道："阳则有人，阴则有鬼，以后还该分别善恶为是！"二人同声道："谨遵师训！"小喽啰报酒到，郁垒执壶，神荼把盏，酒过三巡。碗如黄盆，盘似锅盖，端上菜来头一盘是炮炒鬼肚，第二盘是白汤炖肥鬼头。第一碗是红烧鬼肘子，第二碗是炮腌鬼腿。末了一盘是醋溜鬼肝肠。当日直吃至半夜方散。次早起来，钟馗催趱[1]要行，神荼道："此离万人县不过百里，何必急急！"钟馗道："若直赴万人县就不用从此经过了。闻得这桃花山迤东，有一赌钱鬼，也是鬼录上有名的。灭了此鬼，然后西行。"神荼道："小徒也闻得有这个人，专引诱良家子弟来此耍赌。破家荡产，人人痛恨。更有一种下愚不移的，老死不悟，岂不可笑。老师若灭得此人，真为民间除害，人人感激。"一面吩咐喽啰，将山寨内一切细软，装载车上，又将吃剩的咸鬼肉都载在车上，以备零星路菜之用。放火焚了山寨，又吩咐喽啰道："愿随者同往，不愿者回家安业。"众喽啰磕头散去大半，有二三十个无家可归的，情愿跟随使用。下得山来，摆开队伍，呐喊摇旗，较从前大不相同。钟馗在马上甚觉得意，催动人马，往前进发。

---

[1] 趱（zǎn）：赶快，催促。

第九回　桃花山收服两兄弟

正行之间，远远望见一只死绵羊，自南跑往北去。后有一人追赶，一只手牵着一头牛，一只手拿着一根钓鱼竿子，还攒着一把牌，摇着头，直往前跑。钟馗指道："这必不是好人，谁替我擒来？"言犹未了。郁垒举起桃木棍，大撒步赶上前去。那个见势不好，撒了牛，舍命就跑。跑至一家门首，推门钻进去了。郁垒赶至门首，想道："初次奉命而来，不好空回。"也只得进门寻找。及进了门，见一厂棚，内有数十人。里三层，外三层的，拥在那里。郁垒走至跟前，众人一哄而散。只剩下土炕上一个人，还在那里蹲踞着，毡帽掩着眼，两手插在腰里，在那里做宝。旁边一人大怒道："你是何人？敢将俺的宝局挠散，也要知道俺替死鬼不是好惹的！"郁垒道："适才有一人，左手持竿，右手拿牌，进的门来，为何不见？"替死鬼道："那是俺这后庄上住的，名赌钱鬼张二哥。他从前门进来，就出后门去了，找他自有住处，缘何将俺的宝局挠散？"郁垒知他不是一人，不如暂且将他拿去顶缸。遂用皮绳把替死鬼，并炕上那人，一齐拴起来见钟馗；将赌钱鬼如何逃走，这个叫替死鬼和这个人，如何做宝的事，说了一遍。钟馗道："这个名叫替死鬼。那个是什么名字？明白供来！"那人跪倒禀道："小人专门做宝，人都说明人不做暗事，给我起了个绰号都叫小人暗鬼。"钟馗听罢怒道："开厂赌博，例同一罪，推去斩首。"众喽啰应了一声，将替死鬼和暗鬼绑将出去。

要知二鬼性命如何？且听下回分解。

第十回

五里村斩烧一全家

　　话说鬼卒，将替死鬼暗鬼绑赴法场，才要开刀，大头鬼向前道："不必斩他，且叫他吃俺一锤。"手起锤落，替死鬼脑浆迸出，又一锤，暗鬼也丧了残生。钟馗道："此去北村不远，我们就此寻找赌钱鬼去。"行不多时，远远望见那村中，倒有三四百家烟户。但不知赌钱鬼住居所在？将及村边，村前有一道大溪，溪边一人，有三十多岁，一手拉着一人，劈面用吐沫啐着，百般辱骂，那人不敢回言，只是赔笑。钟馗一见不平，着神荼、郁垒将二人拿来，便问：所为何事，如此辱人？这人跪下禀道："他在长不理里，耳门子后头居住，名唤喇吗鬼。头两个月里，借了小人的衣服去，至今未还，催之再三，只是不肯送来。小人今日遇见他，不好打他，只唾他两口羞辱他，使他早些还我的衣服。不知爷爷驾临，望乞宽恕饶命！"钟馗道："这等人废时失事，甚是可恶，留在世间无用。大头鬼与我杀了。"大头鬼近前一锤，将喇吗鬼打死。唬的那个拉他的人，只是磕头求饶！钟馗道："你有衣服肯借与人，自是好人，你只将赌钱鬼的门户指清，俺便饶你。"那人起身，唬的抖成一片的，回手指道："过去此溪，那庄西头，两边两株大槐树，中间那座门楼里，便是赌钱鬼家。"钟馗道："你去罢！"那人一溜烟的跑了。及至来到赌钱鬼的门首，看了看大门早已紧闭了。且说那赌钱鬼从前庄后门出来，跑到家里，先将大门关好。到内宅见了老婆，女勾死鬼，大儿顺子，次子二巧、三巧、四巧、五巧、六巧，女儿穿花，战战兢兢的说道："我自欠户家讨账回来，路过替家屯，遇着一群五六十个人，俱是鬼头怪脑，黑眉狐眼，也不知是过往神道，也不知是无主冤魂。见我就赶。幸而我跑的快，跑回家来。略再一迟慢，性命休矣。至今我心里犹如养着小鹿的一般，扑扑在这里跳哩。外门我已关了，我要到灌铅房里去藏躲，说话不可来惊唬我。"女勾死鬼道："青天白日，有这些见神见鬼的，你去罢。"赌钱鬼遂往灌铅房里去了。这且不题。且说钟馗见赌钱鬼将大门紧闭，无可奈何。大头鬼向前禀道："俺用锤将大门撞开，进内看了动静，出来再以便行事。"钟馗许诺，大头鬼拣了八名雄壮鬼卒，只用打了两锤，大门已开。大头鬼领着八名鬼卒，进了大门，走至客舍，一看却是静悄悄的。再往后进，见左边一屋，房门紧闭，呼么喝六，甚是闹热。将门打开，是几个少年子弟，在内掷骰赌博。吩咐鬼卒逐名绑锁而去。西侧也有一屋，却无声嚷，及至走近前去，窗洞中似有人往外张看的。及进内看时，又是一场牌局，也令鬼卒绑锁出去。大头鬼自觉有功，扬扬得意，虽落孤身一人，并不害怕，提锤又往后走。正走之间，忽听得脚下噶咚一声响亮，不料身已坠落坑中。原来赌钱鬼家有一陷人坑，从旁看去，无异平地，人若到此，坠落坑中。坑深不过丈余，愈顾突愈深，久后就成一个无底坑。这坑却与他家的剥皮厅相近。女勾死鬼邀了几位女亲眷，正在那里碰骨牌，忽听得坑内响亮，都手擎着纸牌，走近前来，往坑中瞧看，内中一个白发老妇，面戴眼镜，站在坑边，往下一看，大头鬼把头一晃，锤一举，大喝了一声，老妇一阵心惊，立脚不牢，扑咚也跌入坑内。大头鬼正没好气，一锤打为肉泥。众妇人一哄而散，都从后门去了。女勾死鬼遂唤他儿子、兄弟六人，各执挠钩，将大头鬼搭上坑来，绑到剥皮厅上，将衣服剥去，团团捆住，指着骂道："你是何处邪毛外祟？敢在这里作怪？五巧、六巧，速将煮人锅烧起，好叫他受用。"大头鬼只不做声，忽见钟馗师徒三人，并穷鬼众鬼卒，一拥而至，措手不及，神荼一叉先结果了长子大顺。次子二巧、三巧，已被桃木棍打倒。钟馗斩了女勾死鬼。精细鬼先解放了大头鬼，找衣服与他穿了。大胆鬼活擒了四巧。惟有六巧见势头不好，跳墙就跑。伶俐鬼赶上，拉住后腿，就在墙边活活摔死了。五巧跪下求饶，大头鬼过来也是一锤打死了。只是不知老赌钱鬼藏在何处。钟馗吩咐将前后门把守，鸡犬不放，严严细搜，忽听得穷鬼在后边大喊道："在这里哩。"众鬼卒闻听，一齐来到灌铅房内将赌钱鬼扭至钟馗面前。钟馗道："且不要杀他，找一轻轻的刑法来，打着细问。"穷鬼找了一根空钱串子，将赌钱鬼拴起来，吊在那门鼻子上，使他一把钱比子，不打他的短腿，单捣他的丁拐。打的个赌钱鬼叫苦连天，誓不敢再行局赌。钟馗那里肯依，道："你要将煮人锅烧起，叫大头鬼受用，你自制的物件，为何便宜外人，打些油来，顷在锅内，叫他自己受用。"果然寻了半锅油，顷刻间烧的翻浆冒滚，神荼用叉将赌钱鬼挑在锅内，不多时烹将成一块灰炭。钟馗吩咐道："他这宅舍俱从不义得来，前后给我放火。"众鬼卒一齐燃柴点草。可惜赌钱鬼的一个穿花女儿，活活的烧死在床底下。钟馗师徒人等，仍从旧路而去。这些庄乡，见赌钱鬼家火起，都说是："天理昭彰，竟也有今日报应。"及见钟馗、神荼、郁垒，又说："是天神天将下降。"不说乡人纷纷议论，且说钟馗师徒回至五里庄上，只见老少男女，各拿香烛纸花，念佛跪接。店小二仍让到自己店中。众乡人见了神荼兄弟，又添了许多鬼卒，俱各不敢近前。钟馗把收神荼兄弟，并斩替死鬼、灭赌钱鬼的话，对众人说了一遍。众人更加欢喜。钟馗向大头鬼道："把阎君给的鬼录取出，将已斩之鬼，按名勾除。"大头鬼取出鬼录，呈在桌上。钟馗用笔对众勾除色鬼、喇吗鬼、赌钱鬼。勾了，见替死鬼、暗鬼、女勾死鬼，鬼录上原有名字。钟馗也用笔勾了。着大头鬼将鬼录收好，穷鬼用手揽住，跪下双眼流泪，只是磕头。钟馗道："穷将军何必如此？上边虽有你的名字，你既归正，自可免死，何用害怕。"穷鬼道："小将还是小事，才见那鬼录上,有忧愁鬼三字,这是小将的岳丈,就在此庄居住,谁知也在鬼录上,将来也不免刀头之苦。求元帅看小将面上,免他一死,感恩非浅。"说罢只是磕头。钟馗道:"忧愁鬼虽在鬼录上边,本帅料他无甚过恶。你前日说坐骑寄在忧愁鬼家,所以俺听见也不深究。但不知因甚叫他忧愁鬼?"旁一老人禀道:"这个人说来却也可笑,买愁买不来,卖愁卖不出,终朝每日不是愁买,就是愁卖,两道眉毛,终年价挤在一处,从不见他分开。所以叫做忧愁鬼。"钟馗道:"这也可怜,将他唤来,替他医治医治,就好了。"穷鬼闻言,遂将忧愁鬼叫至钟馗面前。钟馗一见,吩咐道:"将这忧愁鬼给我绑了。"

要知如何?且听下回分解。

第十一回

奈河关下作鬼署印

　　话说钟馗吩咐鬼卒，将忧愁鬼背绑起来。忧愁鬼吓了一身冷汗，只是磕头求饶。钟馗自锦囊中取出来了一粒丸药，名为"宽心丸"，叫使"大胆汤"送下。忧愁鬼恨病吃药，将"宽心丸"衔在口中，使"大胆汤"恶狠狠的咽将下去。钟馗着人架起，走了三遭，将绑松了。钟馗道："你此时心里如何？"忧愁鬼喜笑颜开，叩头谢道："人生在世，何必忧愁，买不来有钱在，卖不出有货在。天下没有上不去的崖，就是天塌了，还有四个大汉子撑着哩。"从此竟变成了一个大慢性，整日价皮头夯脑的，总不忧愁。这虽是"宽心丸"子的功效，却也得了"大胆汤"做引子的济。这且按下不表。

　　再说那无二鬼用"黑眼风"把钟馗刮去，等了半日，四下一望，渺无踪影，不觉大喜，命跟从人等敲起得胜鼓来回营。不一日回到奈河大寨，一切将卒，俱各叩头贺喜。无二鬼叫摆庆功筵席。望乡台的冒失鬼、滑鬼，蒿里山的愣睁鬼、噍荡鬼，闻信亦各陆续到来。惟鬼门关稍远，所以只少粗鲁鬼、赖殆鬼没到。众人都叩了喜，小卒报道："筵席齐备。"众鬼就在大寨中按长幼坐了，大吹大擂，吃将起来。饮酒中间，无二鬼指着下作鬼道："军师叫俺不要杀上前去，若听了军师话，那得有这场功劳？只恨晚了些，若再早去三五日，岂不省下了讨债鬼、混账鬼两个兄弟的性命。"下作鬼道："俺是谨慎小心的意思，倘然有失，众兄弟营寨甚远，并无救应，如何是好？昨日不过是侥幸成功，不足为训。"冒失鬼举杯大言道："还便宜了那厮。若兄弟去时，只照头一棍，结果了他的性命，岂不永绝了后患。"舛鬼叹了一口气道："大家且不要欢喜的过了头。钟馗被大王的'黑眼风'刮去，料不能将他刮死，若刮往南去还好，倘然刮向北来，我们死的日子就快了。"下作鬼喝道："偏你有这些舛话。"噍荡鬼道："若是日里来好，若是夜里来，我们就是滚汤泼老鼠，一窝都是死。"无二鬼道："这是甚事，你也是这般打噍荡？"冒失鬼道："不妨，不妨，古人说的好，兵来将挡，水来土掩。他若不来便罢，他若来时，我去挡他，难道说我们就怕了他不成。"众人说说笑笑，饮至二更方散。冒失鬼等告辞各归营寨。无二鬼向下作鬼道："目今钟馗不知去向，我们不如把人马撤回城去，在家住着，以逸待劳，有多少便易。"下作鬼早知无二鬼意思，说道："不可，散将容易聚将难，我们费了若干的气力，才得成此犄角之势，若是散了，如何一时聚得起来？大王若想家时，自己回去住几时，有信再来，方得两全。"无二鬼道："军师言之有理。"一夜晚景休题。到了次早，吃了早饭，将王命旗八杆，令箭十二枝，交与下作鬼暂行掌管。兵符印信，交与下作鬼署理。无二鬼穿一身酱色卞绫海青，头戴粉红缎子扎巾，骑了一匹青骢马，小低搭鬼也骑了一匹红头骡子，搭了行李，紧紧跟随。下作鬼送出营门，无二鬼与小低搭鬼直往万人县大路而来。

此时五月昼间天气，熏蒸炎热，走了二十余里，远远望见官道旁柳荫树下，有一座三间的野饭铺。小低搭鬼指着道："我们到那边凉凉，饮饮牲口再走。"说着到了跟前，无二鬼下马进店，就在一条板凳上往外坐了。小低搭鬼将马拴在树上，店小二拿水桶打了一桶水。小低搭鬼就桶内先喝了两口，饮了牲口，也在无二鬼的背后坐了。店小二向前问道："客官还是吃酒？还是用饭？"无二鬼道："你且将那井水舀一碗来。"店小二舀了一碗水，放在无二鬼的面前。无二鬼正然喝水，见大路上来了一人，头戴破帽，衣衫褴褛，低着头往前走。后跟两个人，用竹筐抬着一个人，绳索绑着，抬的人道："好热天，凉凉走。"把筐放在路旁,齐往井上喝了水,坐在檐下,摘下草帽来扇风。无二鬼问道:"你们是做什么的?"那人答道:"是送伍二鬼的。"无二鬼闻言把眼一瞪,小低搭鬼走近前道:"呔!好大胆!敢犯大王的宝号。"那人站起来道:"他是为奸情,与你何干?"两个正在争执,后又来了一人,汗流浃背,身穿蓝布短衫,头戴烟熏凉帽,走来劝住道:"不要争执,这是城内的无二爷,你们不认的。"那两人就知是城里无二鬼了。无二鬼倒背着手,走至路上,往竹筐内一看,见那人约有十七八岁年纪,黄白面皮。两截袜子,缎鞒鞋,可身海青袖衫,左眼下拳大一块青红赤色。无二鬼问道:"这孩子,你们是为的什么事?"伍二鬼道:"爷爷救命!小人姓伍排行第二,父亲名伍玉林。"且说他父亲伍玉林万贯家私,夫妻恩爱,年近四旬,并无子嗣。南寺烧香,北庙念佛,子孙娘娘神前许愿,到得四十五上,生了此子。十分珍爱,任他所为。所以他也不好读书,终日闲游浪荡,学了些好拳棒。惹草招风,饮酒赌博,偷香窃玉,无所不会。起初都叫他是浮浪子弟。新近才升了这个伍二鬼的名号。结交的朋友,也都是些帮闲抹嘴,不守本分的人。玉林夫妇见生这样儿子,教训不听,反成仇雠,夫妻因气相继而亡。家业也就好上来了。他却伶俐善说,向无二鬼说:"那个戴破帽的,名叫倒塌鬼,小人从他门首经过,他因借贷不遂,就说小的和他老婆通奸,将小人打了一顿,如今还要送我到县里去问罪。俗语说得好,拿贼要赃,捉奸要双,若果小人和他老婆通奸,今日他的老婆,为何不来?冤屈死小的!求爷爷救命!"无二鬼见他人物干净,又言语灵巧,遂大声喝道:"过来,给他解了绳索!"小低搭鬼和那戴凉帽的地方牛二,连忙给他解了,无二鬼仍坐在店内,小伍二鬼上前给他磕头。无二鬼道:"明是讹诈不遂,却赔上老婆,说是奸情。"这时看的人,都团团满了。牛二向前拉着道:"好不识时务,还不快走!"找那抬的两个人,不知几时也早已走了。牛二和倒塌鬼见势头不好,也遂一溜烟走了。无二鬼喝散众人,问小伍二鬼道:"肚内饥否?"小伍二鬼道:"俺从昨晚没吃饭。"无二鬼见店后面有两间小屋,就拉伍二鬼到后面。无二鬼上座,叫小低搭鬼与伍二鬼两个旁座。店小二近前问道:"老爷用甚酒饭?"无二鬼道:"有甚酒肉,只管取来,还问什么?一总算账就是了。"店小二唬的连忙去办酒饭。饭酒中间,无二鬼笑问道:"兄弟不必瞒我,那人的老婆,生的何如?你果然得了没得?"伍二鬼道:"不敢相瞒,这人不上二十三四年纪,生得长挑身子,黑鬒鬒[1]的鬓儿,弯生生的眉儿,清泠泠的杏子眼儿,樱桃口儿,娇滴滴的声儿。从白里透出红来,粉浓浓慢长脸儿,窄星星尖笋脚儿。未从开口,就似笑的一般。无庸妆饰,自然风流。人都称他是风流鬼儿。小人费了半年工夫,才得到手,只两次就叫他捉住了。幸亏恩人相救,至死不忘。"无二鬼听了这番言语,正挠着他心中的痒处,抓耳挠腮,恨不能飞上前去,顷刻到手才好。又问伍二鬼道:"贤弟,可惜怎么样一个美人,愚兄没福,不能一见奈何?"伍二鬼寻思了半晌说道:"恩人要见此人,也不难。"遂凑到无二鬼的耳边说道:"只须如此如此,这般这般,包管可得。"无二鬼拍案大叫道:"妙哉,妙哉!好计,好计!"

不知伍二鬼说出什么计来?且听下回分解。

---

[1] 鬒(zhěn):头发稠而黑。

第十二回

吊角庄风流鬼攀亲

话说无二鬼听了小伍二鬼的一番言语，急忙用罢酒饭，算还店账，出门上了马，着小伍二鬼骑了红头骡子引路。小低搭鬼在后跟随。行了十多里路，到了吊角庄一家的门首。小伍二鬼下骡子指道："此间就是了。"无二鬼下马，一直进去，见屋内桌上放着一个油灯，有一个年老的婆婆，在大门里骂倒塌鬼。倒塌鬼靠着门扇，嘴里也咕咕哝哝的。那少年妇人捂着脸只是哭，无二鬼喝了一声，自到灯前一条凳上坐下。三个人都唬呆了。无二鬼指着倒塌鬼道："方才你抬去的那小厮，俺好意替你讲和，谁知他两腿青肿，遍体鳞伤，倘有不测，人命官司难打。如今把那厮给你送回来了。"说着只见小低搭鬼搀扶着小伍二鬼，哼哼唧唧的进来了。无二鬼气忿忿的指道："且在那边床上睡着。"倒塌鬼跪下道："还求爷爷主张！小人是倒运的人，高抬贵手，小人就过去了。低低手小人过不去，只求爷爷做主！"风流鬼见势不好，转身就走。无二鬼用手拦住道："讲个明白再走！"两眼不住去看那妇人，倒塌鬼也说道："全是你惹的祸，你倒要脱干净。"风流鬼偷眼一看，见无二鬼好个魁伟人物，向前深深道个万福，说道："是奴家一时没主意做错了，求爷爷担待担待！"只这几句娇言柔语的话，把一个无二鬼早已魂飞天外，魄升九霄，八尺身躯已酥麻了多半边，不觉回嗔作喜道："不是哟，他年幼无知，纵有些不是，也不该将他打的这样。"老厌气鬼在旁参透机关，大着胆发话道："俺也是有名有姓的人家，纵然成了官司，找着那亲戚，只要他承揽承揽，就没有大不了的事。"无二鬼道："你那亲戚是谁？"厌气鬼道："人的名儿，树的影儿，说起来谁不知道。他在城里竹竿巷住，名唤下作鬼。是这婆娘嫡亲两姨姐夫，闻说如今做了大官，俺也是不怕人的。"无二鬼闻说，将计就计，起来施礼道："不知就是老伯母，多有得罪。"厌气鬼却呆了。他将手把倒塌鬼扶起来说道："下作鬼与在下八拜为交，做了军师，现在奈河镇守。下二嫂溜搭鬼现在我家同居。"厌气鬼道："就是这媳妇子的嫡亲两姨姊妹，既是至戚，我厨房去烧茶。"无二鬼问倒塌鬼道："尊驾请坐，光景为何这等落寞？"倒塌鬼道："不背你老说，起初在府里开杂货店，不三五年本利亏折，将铺面倒塌了。后将地土变卖，弄些货物，赶集上店，只二三年又倒塌了。所以人都叫我是倒塌鬼。"无二鬼道："不妨，既是至亲，明日随俺进城，也封一官半职，吃穿都在小弟身上。"风流鬼答道："若得如此照应，阖家感恩不尽，不知官人贵姓大名，说了奴好称呼。"无二鬼道："俺姓无，绰号二鬼。"妇人道："无怪乎，这床上的敢是一家？"无二鬼道："音同字不同。"遂掏出五两银子来，叫倒塌鬼去买酒肉。倒塌鬼道："这村里没有，还得往午间那个饭店里去买。"向妇人笑道："二爷不是外人，娘子暂陪一陪，这去有好大一时耽搁。"妇人道："你只管去，有这些话说。"倒塌鬼才出门。又转回来道："门外两头牲口，着他们牵到东园去，叫他吃些青草也好。"小伍二鬼一骨碌爬将起来，同低搭鬼去了。无二鬼一双眼只看着那妇人，那妇人也眼里偷睃无二鬼，旋又把头低下。无二鬼道："不敢动问，娘子青春多少？"妇人低头应道："二十四岁了。"无二鬼道："小俺四岁。"又问道："你和这小伙儿，从几时认识的？"妇人笑着瞅他一眼，一面低着头弄衣裳衿儿，又一回咬着衫袖儿。无二鬼按捺不住心猿意马，走近前一手将他脖子搂过来，就要亲嘴。妇人扭头道："被人看见，又要弄出事来了。"无二鬼道："婆婆厨房烹茶，丈夫出去买酒肉，这两个都是我的心腹。"一面便伸手，妇人也有些耐不住,叉开手道:"你这歪厮缠,奴的住房就在这屋后,我去去就来。"妇人头前走,无二鬼随后跟到房内,不及掌灯,就黑暗中春风一度。及整衣来到前边,刚刚厌气鬼烹了茶来,倒塌鬼也买来许多酒肉。风流鬼到厨房内收拾酒饭。无二鬼高谈阔论,及至饭罢,鸡已报晓。又给了倒塌鬼十两银子,叫他送家眷进城。无二鬼遂同小低搭鬼上牲口同行。小伍二鬼和倒塌鬼在家收拾行李,雇车辆起身。

再说无二鬼到了城边,刚开城门,进城到了踩遍街自己门首,门尚未开。门首站着一个黑长汉子,手拿一封书信。见无二鬼纳头便拜,说道:"小人是赌钱鬼那边来的。只因到家病了月余,所以来迟,望乞宽恕!"无二鬼道:"你名唤勾死鬼么?"答道:"正是。"短命鬼开门,无二鬼进内,来到溜搭鬼房内。溜搭鬼方才起来,与他叙了寒温,回到风波亭上坐下。把勾死鬼唤至跟前,问道:"昨日闻得一信,说你主人赌钱鬼被钟馗全家斩戮,你知道否?"勾死鬼道:"小人在家病了月余,一直来此,没闻此信。"无二鬼道:"想是传言之误?"短命鬼走来请安,小低搭鬼乘空就往溜搭鬼屋内去了。无二鬼向勾死鬼道:"只因有一钟馗,奉阎君命令,前来斩除我们。俺预先得了这信,就现在的十人,结成生死兄弟,分兵把守。这万人县地方,究是人多鬼少,十人之外,我辈尚多一时不能齐集。知你眼也宽,也能说,务期都勾来入伙。倘有缓急,以便协力堵挡。"勾死鬼道:"这个容易,不是夸口,只消半月限期,包管尽行罗致麾下。"无二鬼听了大喜,遂叫短命鬼管待酒饭。给了他十两盘费去讫。无二鬼回到后宅,与溜搭鬼同席,离别许久,分外亲热。饮酒中间,门军来报,门首有两辆车子,女眷二人,还有两个男人。说是大王叫他来的。无二鬼吩咐低搭鬼照应,着他进来。随将前事对溜搭鬼大略说了一遍。风流鬼跟着厌气鬼已进内宅,溜搭鬼迎着道了万福。风流鬼道:"姐姐得了好处,如今不认得人了?"溜搭鬼睁一睁说道:"你可是陶家大妹子吗?"厌气鬼道:"正是。"溜搭鬼道："有十多年没会，一时如何想得起。方才大王和我说，我只是不懂。"从新又道了万福，问了好，就让了屋内坐下。无二鬼不好同坐，往外陪倒塌鬼、伍二鬼去了。伍二鬼也带了自己的行李，还有两个箱子，无二鬼不胜欢喜，说道："行李且放在厅上，吃了饭缓缓的安置。"无二鬼让倒塌鬼上坐，倒塌鬼再三推让，仍是无二鬼坐了首座，短命鬼等两旁陪着。酒至三巡，无二鬼就封倒塌鬼为督总管，掌收内外一切银钱，出入买卖事务。倒塌鬼席前磕头谢恩，无二鬼命他在风波亭侧三间房内，与短命鬼同住。饭后倒塌鬼将自己应用物件，搬在房内东侧，与短命鬼联床铺。西一间收银钱，中间安顿算盘账目。倒塌鬼原是买卖人出身，收拾无一而不在行。后边厌气鬼自住一处，风流鬼又是一处。用过晚膳，无二鬼却在溜搭鬼房内歇了。溜搭鬼是明来，风流鬼房中是暗去。轮流取乐，已非一日。这一日无二鬼正在溜搭鬼房内，令他坐在怀中，一递一杯饮酒嗑牙。风流鬼不知，从门前一溜过去。无二鬼赶上两手抱回，要他同在一处玩耍。起初假作扭捏，微有惭色，三杯酒落肚，本面目出现，谑浪笑语，真真挠到那极情尽致。那知乐极悲生，只见短命鬼忙忙来到跟前，急且话也说不出了。无二鬼道："所为何事，这个模样？"短命鬼喘息定了，方才说道："下作鬼差人来说钟馗斩了替死鬼，油炸了赌钱鬼，并他的六个儿子老婆，还有一个暗鬼。目今离望乡台只有半日的路程，请大王急速起身前去！"无二鬼闻报，身子往后一仰，昏倒在地。

要知性命如何？且听下回分解。

第十三回

冒失鬼酒里逃生

话说无二鬼闻钟馗不久即到,吓得昏倒在地。溜搭鬼、风流鬼慌成了一片,手足无措。倒塌鬼、低搭鬼、小伍二鬼听见,俱各跑来。救了半日,方得苏醒。睁了一睁眼,长出一口气道:"不料应了舛鬼的言语。"厌气鬼劝道:"不知是真是假,慢慢的打听明白,再从长计议。大王何必这等光景?"无二鬼起来,往前厅坐定。着短命鬼唤报子进来。无二鬼又细问了一番,吩咐道:"回去报知军师,叫他传令各营,加意防守,我这里不日就到。"报子去了,无二鬼仍回后宅,饮酒作乐,和溜搭鬼你恩我爱,和风流鬼如胶似漆,那里肯去。那下作鬼在奈河寨中,各处告急文书,如雪片相似,又催了数次,无二鬼绝不见来,又怕又急,虚火上升,不觉二目昏花。适催命鬼贾杏林,被勾死鬼勾到的寨。用了一剂药,顷刻红肿起来。下作鬼不敢再用他的药了。只买些杭菊熏洗。一日泡了一碗滚烫烫的菊花水,在那里熏眼,忽报:"望乡台冒失鬼要见。"传令就在后堂相会。冒失鬼来到后堂,见是三间敞厅,中间放一张没棱角的圆桌子,两旁两根调角板凳,后面摆着十二幅不公屏。冒失鬼打恭,下作鬼道:"在下现有眼疾,不能还礼,请坐罢。"冒失鬼就坐在靠桌的板凳上,问道:"正在用人之际,军师如何害起眼来?"下作鬼低头熏着眼答道:"这也是为军机起见。"冒失鬼又道:"闻得钟馗离此不远,还该请大王来才是。"下作鬼道:"不要说起,请了五次,只不见来。"冒失鬼将桌子一拍说道:"这就奇了!"下作鬼正低着头熏眼,一碗滚菊花水,都溅在下作鬼脸上。下作鬼跳起来,抱着头大喊道:"杀了我了,烫死我也!"冒失鬼道:"俺来大寨,茶也没吃一杯,谁知你那水是热的?"下作鬼道:"给我滚出去。"冒失鬼走着道:"这等无用,还来作军师?还敢署印?"说着出辕门去了。

再说钟馗那日离了五里村,行了半日,见前面一带瓦房,俱是五脊六兽,扁砖到顶,宽只丈余,高不满三尺,内中往来者颇具人形。钟馗猜疑,差穷鬼打听回报。穷鬼探明回报道:"此系小庙子鬼。其风俗从不进城,也不赶集上店,为人也小,行事也小,处处好占小便宜,是最为人害的。"钟馗大怒,遂令:"神荼、郁垒率领鬼卒,团团围住,务期斩尽杀绝,不得遗漏一个。"神荼向前禀道:"祈老师息怒!现已日落西山,待等夜静时候,小徒自有擒拿之法。这样小鬼,最好食用,或用火烤,或用笼蒸,犹如奶猪一般。就是白煮,亦肥嫩异常。"钟馗许诺。到得定更以后,神荼兄弟,各取桃条一根,到庙前将门踢开,遂摸遂穿,或穿其腮帮,或穿其肋把,两根桃条,尚未穿满,即已尽绝。零碎啖食,甚是甘美。次日早膳,一顿就用了十二三个。钟馗师徒三人,带领着众鬼卒,又往前行。只见穷鬼向前禀道:"此地去望乡台只有一里之遥,打探得有冒失鬼同滑鬼在台上把守。元帅须在此少待,商量了攻取之策,再往前进。"钟馗吩咐,就在此高阜之处,下寨安营已定。钟馗见天气尚早,独自一人,悄悄步至望乡台前,相其形势,观其路径,以便明日前来攻打。谁知此时早有细作,报知冒失鬼。冒失鬼闻得钟馗自来探听,遂骑上一头直肠子驴,手使一根青头八棍子,把台门一闪,一驴当先,就窜将出来,喊道:"吾乃冒失鬼是也。你敢自来送死?"举棍照钟馗便打,钟馗拔剑相迎,战了五七回合,冒失鬼自觉招架不住。将驴圈回,大败而逃。钟馗紧紧追赶,冒失鬼不敢仍回望乡台,直奔素常饮酒的杏花村去。将到村边,那驴一个前失,把冒失鬼掉下驴来,钟馗将及赶上,不料村内有两个人,正在那里抱坛而饮。一见钟馗不问姓名,不问是非,跑过来一把拉住,就让酒让座,手也不松。这个说:"何必如此,所谓何事?吃三杯再讲。"那个说:"天下何为乐事,吃酒;世上谁是神仙,醉汉。请坐请坐,今日幸遇老哥,千万扰俺一盅。"两个人将钟馗拉住,拿起杯来说道:"老哥你立饮三杯。"举杯就灌,一连灌了七八杯。一个拿起壶来说道:"胡子哥哥,你也扰弟三杯。"举起杯又灌了八九杯。灌的钟馗着了急,问道:"你系何人,这等无理?"一个说:"胡子哥,你不认得兄弟么?我是酒鬼。"那个说:"我是醉鬼。"钟馗闻言大怒道:"你将我位住,叫冒失鬼逃走,即先斩了你两个,再寻冒失鬼去。"遂将酒鬼、醉鬼,按倒在地,举剑就砍。忽闻空中大叫道:"剑下留人!"钟馗抬头一看,见一人头戴青丝双翅软巾,身穿淡红云缎圆领,足蹬皂靴,白面长须,飘飘而来,近前拱手道:"弟是元宗年间,杨贵妃捧砚,高力士脱靴,醉答番书的李白是也。独饮不乐,求老哥免他二人一死,赐于小弟,作一酒友,早晚同饮,共取乐事,未知肯否?"钟馗答道:"不知前辈老先生降临,有失迎迓,得罪,得罪!既是老先生见爱,他二人不过好酒贪饮,情尚可原,领去何妨。"太白长揖谢了钟馗,遂带领酒鬼、醉鬼而去。正走之间,忽从酒馆内跳出一鬼,身高八尺,浑身紫肉,将太白拉住说道:"诗翁!既将酒兄、醉兄讨饶领去,俺也是个饮者,求携带,携带!"太白睁开醉眼一看,说道:"你与他二公,大不相同,他二公醉了,或是话稠,或是肝眼。你吃醉了,不是骂街,就是闯祸,你原是无二鬼的门人,如何也算酒中知己?"这鬼见李白不肯救他,就要动起粗来,钟馗远远望见,那鬼拉住李白不放。赶上前去,背后一剑,将这鬼分为两段。太白重复谢了,带酒鬼、醉鬼去讫不题。

且说冒失鬼得了性命,一直跑了二十余里,见柳荫树下,有堆衣服,慌忙坐在上边,歇歇再跑。只听腚下一声大叫,冒失鬼起来又跑,那人赶上一把抓住,骂道:"俺好好在此睡觉,缘何坐俺这么一腚?"举手就打,冒失鬼回手招架,那人说道:"且住,你好像冒失鬼姊丈。"

冒失鬼道："哟！你不是唠叨鬼表舅吗？"唠叨鬼道："正是。为何这般光景？"冒失鬼将战败之事，说了一遍。唠叨鬼道："战败兵家常事，何必如此？昨日勾死鬼到来，邀俺前去入伙。不知钟馗这等可恶！吾二人到望乡台去，待我堵挡他一阵，以报姊丈战败之仇，未知意下如何？"冒失鬼大喜，情愿引道。二人愤愤的直扑望乡台来。正行之间，遇了两个败残小卒，一见冒失鬼，放声大哭，说道："滑将军闻得将军战败，不知逃往何处去了。钟馗到来，把守台的兵卒十杀八九，小的二人从刀枪林内逃得性命，今遇将军，实属天幸！"唠叨鬼道："望乡台已失，今又天晚，不如暂宿旅店，来日黎明，前去杀他一个措手不及。夺回望乡台，方显俺的手段。"二人宿了一宵，次日来到台前骂阵，鬼卒报入中军。钟馗上台一望，见那鬼头上无盔，身上无甲，且无坐骑，手内只拿着一柄锯。钟馗口中不言，心内想道："从来临阵对敌，或是枪或是刀，有应手的兵刃，方能取胜成功。这鬼拿锯而来，明是轻生送死，殊觉可笑。"遂提了青锋宝剑，下台来独自临阵。那知唠叨鬼的这柄锯，是费了工夫，得了传授，祖孙父子，世世相传的一件奇宝，到得跟前，通了姓名，便使起锯来，照着钟馗头上一锯，脚上一锯，前一锯，后一锯，左一锯，右一锯，上一锯，下一锯，东一锯，西一锯，一顿好锯，锯的个钟馗头晕眼黑，净发恶心，晃了两晃，坠下马来。冒失鬼见了，只说钟馗已死，向前就要擒拿。那知钟馗心里明白，将宝剑往上一绰，正中冒失鬼的心窝，冒失鬼来的勇猛，那剑直从脊背上透出来。唠叨鬼来救时，神荼也刚刚赶到，只听吃嗑一声，又倒了一个。

要知生死如何？且听下回分解。

第十四回

粗鲁鬼梦中丧命

话说唠叨鬼见冒失鬼被刺身死,急忙来救,不料神荼赶到,照后心一叉,唠叨鬼往前一拾,把嘴还张了五六张,也呜呼哀哉。神荼扶起钟馗往望乡台而去,这且不题。且说那滑鬼见势不好,一溜烟就跑了。直跑到万人县里,见了无二鬼说道:"冒失鬼被钟馗战败,不知去向。小弟也与钟馗前后打了七八仗,互相胜负,究竟众寡不敌,望乡台被钟馗占去。小弟无奈,才跑进城来。"无二鬼只因诸日有人到来,不是说钟馗厉害,就是说被钟馗杀败。聒的耳朵都将聋了。所以听滑鬼这番言语,也不以为事。仍回后宅,着溜搭鬼、风流鬼一个弹琵琶,一个唱曲,暂且饮酒散闷。滑鬼又与倒塌鬼、小伍二鬼都叙认了。小低搭鬼、短命鬼也凑来一处闲谈。这倒塌鬼终是做过大买卖的,为人老干,向众人道:"弟有一拙见,未知众位以为何如?现在钟馗打破望乡台,与大寨相去咫尺,蛇无头不行,奈河关上屡次差人来请,大王只是不听。倘然奈河关一破,我们是燕雀处堂,死亡立至。以小弟愚见,今晚将大王请出来,总不要提起钟馗一事,只是欢乐饮酒,轮流把盏,破命相劝,俟大王大醉之后,用车偷将大王送到奈河关去,到那里和军师言明此事,大王难说又回来不成?俟灭了钟馗,然后大家长远欢聚,岂不是好。"众人齐声赞道:"好计!"到得晚间,果然把无二鬼用酒灌醉,暗暗驾车送去,抬到寨中。无二鬼饮酒过多,直至次日午间,方醒。呆了一会说道:"昨晚明明在家饮酒,今日为何却在寨中?"只见下作鬼走向前道:"大王一向安好!"无二鬼道:

"莫非我是做梦吗？"下作鬼笑道："青天白日，为何说起梦来！"无二鬼起来，前后走了一会，说道："奇事！"下作鬼道："果是奇事。俺在内寨议事，忽家人来报，说并无动静，于三更时分，只听一阵风响，大王已卧在寨中。只见大王酣睡，未敢惊动。大约是大王洪福齐天，大王该兴，钟馗该灭。或是黄巾力士，或是四大揭谛，将大王送来的。"说犹未了，只见门军来报说有一人骑着一只没皮虎，要见军师。下作鬼道："命他进见。"小伍二鬼下虎进见，对着无二鬼故作惊慌之状，说道："家中于半夜三更，忽说大王不见了。小人们那里不寻到，却在这里？"无二鬼疑是真有神助，遂高兴起来。下作鬼交还兵符印信，小校报道："探得钟馗人马在望乡台歇了一日，今日午时起营，要去争蒿里山哩。"无二鬼道："再去打探！"遂向下作鬼商议道："钟馗既知俺的厉害，将聚将鼓打起，凡营中大小将佐，都跟俺前去。一面通知蒿里山的愣睁鬼、噍荡鬼知道，杀他一个里应外合，必获全胜。"下作鬼道："此计甚妙。"遂令寨中旧有鬼卒，俱各顶盔贯甲，勾死鬼新请来的鬼卒，亦各使枪弄刀。

无二鬼上了净街虎，率领着众鬼卒，直奔蒿里山来。行至半途，正与钟馗人马相逢。钟馗见是无二鬼出马，吩咐将人马暂退一舍之地，安营下寨，挂出免战牌去。穷鬼向前问道："元帅并无对阵，胜负未分，为何将免战牌挂出？岂不长他人的志气，灭自己的威风？"钟馗道："穷将军有所不知。"遂将从前用法术，将他吹去缘由，说了一遍。穷鬼大笑道："他的武艺，俺却尽知，有何惧哉？那阵风名为'黑眼风'，这风却是有眼珠的，看人下菜碟。且是有前劲没后劲，刮起风来人若往后退，其风愈大，他便得一尺进一尺，得一寸进一寸。若抖抖胆迎着风往里一钻，钻到'黑眼风'里头去，却是稀松平常。无二鬼还会打没底子筋斗，云里来雾里去，甚难捉他，元帅也要留心！"正说之间，大头鬼报道："外有二鬼，前来讨战。"命神荼郁垒出营迎敌，钟馗随后掠阵。来到阵前，只见一个少年人，自称为小伍二鬼，座下骑着一只没皮虎，手内拿着一杆三股子叉，一个年老的，自称为老尖腚鬼，座下骑着一匹伶俐猴，手里使着一把短锤。神荼郁垒一见，并不答话，各执兵器，杀上前去。战未数合，老尖腚鬼早被郁垒一桃木棍打下伶俐猴来，又复一棍，结果了性命。小伍二鬼一见心慌，也被神荼一叉，死于没皮虎下。无二鬼见伤了他两员大将，把眼皮一翻，又使起"黑眼风"来，照着钟馗阵里便刮，顷刻乌烟瘴气，黑风抖底，其中摇头晃膀，咬牙跺脚，五马长枪，各样碜款，又使将出来。那知穷鬼早把破他的方法对钟馗说了，钟馗师徒率领鬼卒，大着胆子，不往后退，直往前钻，钻将进去，果是稀松平常。无二鬼此时便没了局，害了怕，松了劲，叫了一声"不好"就要想跑。早被钟馗赶将上去，劈头一剑，无二鬼眼力乖滑，把头往后一歪，只听"嘎嚓"一声响亮，把无二鬼的左耳砍将下来。无二鬼满脸流血，抱头狗窜，败将下去。钟馗随后追杀，忽从树林内钻出一鬼，骑着一头发之豹，手举一杆没星子秤，大呼道："毋伤吾主！俺火炮将军粗鲁鬼在此。"钟馗撇了无二鬼前来迎敌。这鬼果然粗鲁，抡起秤来，没斤没两，没轻没重，照着钟馗乱打。又听蒿里山上鸣锣击鼓，呐喊摇旗，尘头起处，又来一彪人马，神荼接住厮杀。这粗鲁鬼战了五六个回合，觉得没了后劲，圈回发之豹，不论东西南北，不顾前后左右，乱跑一回，直败回鬼门关去。

　　钟馗鸣金收兵，郁垒斩了咧吹鬼，神荼活擒了噍荡鬼。都来献功。噍荡鬼在钟馗的面前跪倒，说了许多乞怜讨饶的话。钟馗问道："你和愣睁鬼在蒿里山把守，愣睁鬼为何不见？"噍荡鬼道："愣睁鬼救了无二鬼，送往奈河去了。爷爷如肯饶了俺的狗命，赴汤蹈火，万死不辞。"钟馗被他缠扰不过，说道："给他松了绑，带至后营，赏他酒饭。"噍荡鬼饱餐了一顿，不胜感恩戴德，叩头谢恩。钟馗道："俺欲用你如此如此，这般这般。若得成功，不惟饶你性命，还可论功升赏。"噍荡鬼道:"粗鲁鬼与小的不对,素日俺一开口,他就打俺的话靶。和他同守关的赖殆鬼与小的臭味相同,小的到那里相机而动,元帅只看关内火起,只管杀人,小的自当接应。"钟馗吩咐还了他的甲马,出营门而去。钟馗叫人用战饭,马加饱草,起更之后,率领大队人马,直望鬼门关来。到得关下,正是三更。命将红灯高挑,没有半个时辰,见关内火起,关门大开。钟馗等一拥而进,此时粗鲁鬼在睡梦中闻得喊杀之声,一咕噜扒起,往外就跑。不料跑的猛了,留脚不住,一头碰到南墙上,碰了个脑浆迸裂,丧命而亡。钟馗命救灭了火,噍荡鬼率领着赖殆鬼前来求见,钟馗从重赏讫,就在鬼门关安营下寨,这且不题。且说那无二鬼回到奈河大寨,满脸是血,疼痛难忍。催命鬼说道:"大王放心,俺内科虽是平常,外科却得了名人传授,不惟止疼,顷刻间包管大王的耳朵,长一个复旧如初,能大不小。"无二鬼道:"你有何法,快着,快着!"催命鬼取出一捏灵丹,照着无二鬼头上一吹,即刻长出来了一个耳朵。约有三寸多长,上尖下齐,里外有毛。无二鬼用手一摸,满心欢喜。忽听探马来报说:"噍荡鬼里应外合,赖殆鬼投降钟馗,粗鲁鬼自己碰死,尽节而亡。钟馗兵屯鬼门关了。"无二鬼向众人计议道:"今各营俱失,奈河关孤立难守,不如退回城去。或者尚可保全。"众人应允。才要拔寨起营,忽门军禀道:"外有两个高人,前来助阵,请大王军令定夺!"

要知来者是谁!且听下回分解。

第十五回

耍乖山勾兵取救

话说无二鬼正欲拔寨进城,有小校来报:"说有两个高人,前来助阵。"无二鬼令请到大寨,行礼已毕,无二鬼还礼让座。只见左边那人,身披一领败人甲,头戴一顶吃人盔,坐骑是一匹活兽,兵刃是一柄空锤。自通姓名,就叫累鬼。能争惯战,有万夫不当之勇。右边一人,两眼朝天,一鼻高顶,出口伤人,古来名将,名为轻薄鬼。下作鬼道:"现今钟馗甚是猖狂,二位若能得胜,自当重用!若败阵回来,我们进城未晚。"累鬼二人齐道:"今日正是黄道吉日,大王即将俺送过奈河,与他见个高低。"下作鬼遂着糊涂鬼撑过一只顺水船来,二人上去,糊涂鬼在后推着,横行一回,竖行一回,随风倒舵的过了奈河。下作鬼骑了一个臭蛆,无二鬼上了净街虎,愣睁鬼骑一头顺毛驴,使一根没把子的流星,头前引路。领着一群鬼兵鬼将,摆开阵势来给累鬼与轻薄鬼助威。轻薄鬼与累鬼商量了一会,轻薄鬼遂藏在门旗以内,累鬼单身独骑,跑到阵前搦战。

钟馗在中军帐内,先吩咐了瞧荡鬼带领着郁垒,叫他如此这般行事去了,然后唤穷鬼前来迎敌。穷鬼闻令,遂按了按愁帽,抖了抖蓑衣,掂了掂麻糁,单人独步来到两家阵前,对了头,却不厮杀,两个俱把兵刃放下,四只胳膊往上一伸,扣住手,彼此支了一会空架子,抱头大哭。哭了一会,穷鬼开口叫道:"累鬼表兄,我的穷是一言难尽,上无片瓦,下无锥扎,还是小事,最可恼的,四邻给我在县公衙门里打了一张报单,说我是家产尽绝了。人情来往,尽皆抛弃,亲戚朋友，皆下眼子看我。你的累强似我的穷，我的穷还不如你的累哩。"累鬼听说，也叫了一声："穷表弟，说起人情往来，舍又舍不了，随又随不起，少不得尽力扒揭，累的我龇牙扭嘴，你说你的穷不如我的累。殊不知我的累，还不如你的穷，穷的倒直截了当。"说罢又哭将起来。穷鬼哭穷，累鬼哭累，只哭的天愁地惨，还不住声。不料大头鬼用挠钩从后面将累鬼搭住了大腿，横拖倒拽的捉过阵去。穷鬼才要回营，只见无二鬼阵内门旗开处，一鬼大喝道："尔等不得无礼，俺轻薄鬼来也。"穷鬼看见那鬼时，却与众大不相同，只见他摇摇摆摆，两道挤眉，一对弄眼，一个嗤鼻子，一张咧嘴，骑着大马，使着金刀，直奔穷鬼而来。穷鬼抖了抖精神，劈面迎将上去，这轻薄鬼眼里却看不见穷鬼，穷鬼让他过去，暗暗的从背后一麻糁，将轻薄鬼砸下马来。轻薄鬼把眉一挤，眼一弄，鼻子一嗤，嘴一咧，就要想跑。早被穷鬼抓将过来，攒了几攒，掂了几掂，竟是比灯草还轻，空有一身瘟肉，并无一点子骨头。轻薄鬼问道："你是何人，这等无礼？"穷鬼答道："我是你穷爷爷。"轻薄鬼叹道："我自幼眼里不曾见你。"穷鬼道："我在你眼角里住了多年，你还不觉么？"轻薄鬼用两手将眼揉了揉，说道："我这眼角里，何尝有你？"穷鬼道："你再细揉揉看！"轻薄鬼果然用两手把眼又细揉，穷鬼趁着轻薄鬼揉眼，照头一麻糁砸去，轻薄鬼倒仰在地，又复一麻糁，结果了性命。钟馗见穷鬼得胜，号令一声，一拥杀上前来。无二鬼这边分头迎敌，两下里混杀一阵，直杀的鬼哭神号。钟馗阵内个个英勇，人人争先，大胆鬼刺死了杂毛鬼。神荼立劈了滑鬼。钟馗生擒了腌臜鬼。大胆鬼活捉了调鬼、弄鬼，俱用桃条穿了，送回后阵。伶俐鬼率盾牌手，滚过阵去，正与下作鬼相遇，把他马腿砍倒，下作鬼翻筋斗撞下马来。舛鬼抡丧棒来救，被大头鬼一锤打伤左臂，幸无二鬼和愣睁鬼杀到，死救，方得出阵。不敢复战，夺船渡河而走。及钟馗人马赶到河边，只剩了糊涂鬼、迷瞪鬼撑着船接应败残鬼卒。糊涂鬼被伶俐鬼一戟，刺中左腿，翻身落入奈河。迷瞪鬼急欲撑船逃命，用力过猛，拔不出篙来。神荼将身一纵，跳上船去，把迷瞪鬼一叉杆，打在河内。钟馗鸣金收军。就在奈河边，安营下寨。神荼人等，都来报名献功。噍荡鬼道："惟赖殆鬼被乱军杀死，现剩了他骑的一匹赖猫子在此。"钟馗道："甚是可惜！"这且不题。

且说无二鬼同下作鬼、愣睁鬼收聚败残人马，直奔万人县来。及到城边，见城门紧闭。门楼上高挂六颗人头，细看时男头三颗，是短命鬼、倒塌鬼、小低搭鬼；女头三颗，是厌气鬼、溜搭鬼、风流鬼。无二鬼看罢，放声大哭，就欲拔剑自刎。愣睁鬼上前抱住，说道："大王何必如此？有我三人，倘得资助，还可再图恢复。"下作鬼道："此去城北五十里，有一柱死城，城内有一胡捣鬼。我们若投他去，兔死狐悲，必然见纳。俺又闻得小尖腚鬼在耍乖山弄巧洞聚了许多人马，与大王素称世交。写书前去勾兵取救。倘钟馗赶来，内外夹攻，杀他一个片甲不归，有何不可。"无二鬼尚在犹疑未决，只见城上郁垒和噍荡鬼大喝道："无二鬼还不下马受缚！"无二鬼方知是他二人将家眷杀害，遂率残兵败将，直扑柱死城来。那胡捣鬼果然一见即行收录，下作鬼叫无二鬼削去王号，自己也不称军师，分兵两处，名为前后两部。前部以胡捣鬼为主，后部也以胡捣鬼为主。贾杏林是个斯文之人，着他写书一封，叫勾死鬼揣在怀内，跑到耍乖山，进了弄巧洞，上了荆棘寨，见了小尖腚鬼，将书呈上。小尖腚鬼拆书一看，只见上写着：

万人县没人里踩遍街炕头大王愚仁叔无二鬼顿首谨启耍乖山弄巧洞尖腚大王老仁侄麾下：前者钟馗猖獗，阴山一战，令尊大人死于非命。今愚仁叔三战三败，现在被逼柱死城内，闻老仁侄兵多将广，速于兴兵前来，一则报老仁侄不共戴天之仇，二则救愚仁叔旦夕必毙之命，岂非两全。老仁侄素秉大义，谅不见阻，望速！望速！

小尖腚鬼看罢气得把尖牙一呲，说道："不及回书，你回去说，俺就到，断不有误！"勾死鬼去后，小尖腚鬼整顿人马，即刻起程。只见他带领着万人怕、人不惹、风快、吴不精四员大将，放了三个枣核子炮，直扑柱死城而来。到了城下，安营下寨，城内无二鬼差人出城犒军，自不必说。到了次日，巳牌时分，钟馗人马也到，两边摆成阵势，营门开处，只见万人怕手擎着三尖两刃刀，人不惹使着浑钢打就的透甲尖锥。风快并吴不精俱使着筋缠铁里的皮笊篱。小尖腚鬼骑着一只小伶俐猴，使一柄小短锤，通了姓名，直扑钟馗杀来。后有许多精兵，每人手拿一根铁锭杆子，一拥齐上。那柱死城里无二鬼等，又领着无数鬼卒，钻将出来，两路夹攻，钟馗措手不及，大败而去。小尖腚鬼也不追赶，扬扬得意，同无二鬼入城，饮酒贺功去了。钟馗跑了一舍之地，见众鬼不追，遂收败残人马，扎住营寨，说道："来到此间，不料有此大败，如何是好？"穷鬼道："他这里兵多将广，不可力敌，只可智取。"遂在钟馗耳边说道："如此如此，这般这般，未知如何？"钟馗大喜，遂依计而行。

且说小尖腚鬼进城参见了胡捣鬼，到无二鬼寨内大吹大擂，摆上筵宴，饮酒贺功。无二鬼举杯向小尖腚鬼道："若非老仁侄这等英勇，如何得此大胜？可庆！可贺！"小尖腚鬼道："这还是小事，明日擒住钟馗，请老仁叔到小侄山上走走，就知小侄训练的功夫了。"大杯小盏，上下兵将都吃了一个酩酊大醉，方告辞出城，回到本寨。将寨门闭上，也有卸甲解袍的，也有和衣而睡的，直如一窝憨猪相似。那知钟馗人等，早已偷入寨内隐藏。见众鬼睡熟，遂呐喊一声，犹如削瓜切菜一般，可怜大小鬼卒，一个不留。又放上一把无情大火，就有未死的，也烧成一堆飞灰了。次日钟馗自为前部，神荼郁垒分为左右，穷鬼断后，又来城下搦战。门军报知城内。贾杏林道："小将自进营来，并无寸功，今日情愿独战钟馗，方显俺的手段。倘有不测，有小尖腚鬼在外，亦可救应。大王只在城头观阵便了。"无二鬼大喜，城门开处，只见贾杏林骑着一只瞎猫，使一柄两家斧，披一身杀人甲，戴一顶无人不吃盔。打着两杆望风扑影的旗，自名为催命鬼。威风凛凛的，杀出城来。钟馗见是贾杏林临阵，向神荼郁垒说道："他若动手，咱就不好了，不如暂退为上。"贾杏林见人马退去，那里肯放，紧紧追来。钟馗阵内一声锣响，人马分为两处，让贾杏林进阵，周围一裹，将贾杏林裹在垓中。

要知贾杏林的性命如何？且听下回分解。

第十六回

森罗殿缴册复命

话说钟馗把催命鬼围在阵内，东是苦海，并无去路；西有人马把守，又难冲出。钟馗着神荼郁垒轮流和他接战，战了几个回合，遂鸣金回营，埋锅造饭，料他插翅难飞。那知道海边有一岛，岛后有一峪，名为地峪。催命鬼今日上天无路，只得入地峪藏身。及到十八层之内，见有咳嗽鬼和他妻子痨病鬼在内养病。见催命鬼来只说替他医病，不胜欣幸。

且说钟馗用过战饭以后，遍营寻找，绝不见催命鬼的踪影。及到海边，听的地内有咳嗽之声，知是催命鬼在内躲藏，着挠钩手从洞内钩了一回，不见动静，穷鬼道："何须如此？"遂寻了一堆干草枯柴，将峪内塞满，焚将起来。催命鬼自不必说，可怜咳嗽鬼夫妻二人，医生不来还可苟延性命，医生一到，就呜呼哀哉了。钟馗料催命鬼已死，领兵仍要去城下搦战，忽鬼卒报道："此间有大字两行，启元帅知道。"钟馗上前一看，见是皮锤岛三字。旁有一行小字写道："官怕大计吏怕考，光棍最怕皮锤岛。"看罢，转瞬一字全无。钟馗道："必是那家神圣指点于俺，无二鬼应丧在此岛之内？"遂吩咐郁垒和穷鬼道："本帅埋伏在此，你二人前去诱敌，只许败不许胜，引无二鬼到此，俺自有擒他之法。"郁垒二人领命，到了城下，百般的辱骂，内边胡捣鬼甚是着急，屡次使人催无二鬼、下作鬼出城迎敌。无二鬼和下作鬼计议道："我们兄弟十人，已死多半，今小尖腚鬼又为我们全军尽丧。胡捣鬼屡次来催出战，我们若怕死不出，不惟无以谢众相好于地下，恐也在此站脚不牢。"愣睁鬼道："就是活着亦难见人。"下作鬼无奈，上了他的臭蛆，无二鬼跨上净街虎，愣睁鬼骑上顺毛驴，勾死鬼在前打着丈二大的一杆灵幡。舛鬼骑着鸮鸟，手执丧棒，在后督阵。放了三个起灵炮，城门一开，杀奔前来。郁垒上前迎敌，战了五六个回合，真正招架不住，虚晃一棍，败下阵来。穷鬼也随着就跑，跑了十数里地，将近赶上。郁垒恐穷鬼被擒，回头又战，战了三五个回合，折身又跑，及至到了皮锤岛。下作鬼迟疑不前。穷鬼站住大喊道："不来不算好汉！"无二鬼将虎一纵，跳上岛去，众鬼卒紧紧跟随，赶了半里多路，就看不见郁垒穷鬼二人了。下作鬼大声喊道："不好，中了计了！"回头一看，只见岛口已被堵绝，无二鬼道："此地却也有山，也有岭，也有洞，也有塔，也有鸟，也有树，可惜此地不知叫甚名色？"勾死鬼道："我昨前曾到此，却颇晓得，这山名为巴掌山，岭为抓住岭，洞名不能洞，塔叫按住塔，树是亲柏树，鸟名鸟眼鸡，那崖叫做情着崖，这岛名为皮锤岛。"无二鬼自知到了绝地，长叹一声。只见钟馗人马围了上来，无二鬼往前一跳，被三尖瓦绊倒。神荼赶上又一叉叉住。钟馗先叫将他心肝取出，然后割了首级。愣睁鬼被大头鬼打倒，复又两锤结果了性命。勾死鬼被乱军杀死。下作鬼见前边一沟，溜着沟子前进。郁垒正在沟边等候，下作鬼见他两根粗腿，抱住，手也不放。郁垒就用乱棍搠死。惟舛鬼舛气扑人，是人不能近他的。穷鬼取了一把干草来，燎散舛气，正待要斩他，却被他父亲丧门神救了去了。钟馗大喜，取出鬼录，按名勾除。见胡捣鬼也有名字，遂率众人到枉死城来，寻找胡捣鬼，已不知去向了。只落了他妻子偷生鬼和两个跟班的，一个叫屈死鬼，一个叫眼子鬼，还有一个买办名稽缠鬼，俱皆斩讫。钟馗道："胡捣鬼既然跑了，咱暂且在此歇马。"遂在枉死城歇了一日，钟馗驾起祥云，神荼摇身变了一只蝙蝠在头前引路，郁垒化了一把宝剑，伏在钟馗背上，众鬼跟随，齐赴幽冥地府森罗殿，求见了阎君，将鬼录呈上。

阎君一见大喜，又将斩鬼的缘由细问了一遍，遂命摆筵庆功。饮酒中间，这钟馗把穷鬼、累鬼引到阎君面前，叫他跪下，代他禀道："这穷鬼自投降以后，引路破敌，甚是出力。自是为人正气，绝不肯与无二鬼为伙。这累鬼亦是一见就投降的，求阎君慈悲！"阎君吩咐判官，给他生死簿上注定，每人纹银五万，良田千顷，当铺一座，捐四五百银子的一个小前程，着轮回司领他二人托生去罢。二人叩头而去。神荼从桃条上又挦下来了一个弄鬼、一个调鬼，叫他跪下。阎君问道："这二鬼有何好处？"钟馗答道："只有坏处，并无好处。"阎君吩咐推出斩首示众。郁垒又挦下一个鬼来，叫他跪在阎君殿前道："这是死鬼。"阎君道："他生平所为如何？"钟馗禀道："他却并无恶处，只见逐日死眉不瞪眼，并无一点精神，所以叫他是死鬼。"阎君吩咐道："把他浸在曲泉里。"原来森罗殿前有一水泉，名为曲泉，水深一丈，广有八尺，专管这泉的即名为曲泉鬼。曲泉鬼应了一声，将死鬼拉去，推在泉内。又挦下一个，叫做瞎鬼。阎君道："他生平如何？"钟馗禀道："他别无不好，只是虽有眼珠，并无眼色，也看不出人的喜怒，也看不见人的好歹。东西放在目前他如不见的一般。"阎君吩咐只把他两眼浸在泉内。曲泉鬼过来，提其两脚，把他的头倒浸入泉中。又带过一个邋遢鬼来。钟馗道："这鬼终年不知净面洗手，浑身油污俱满，龌龊不堪。"阎君也令浸在泉内。又带过了一个寒碜鬼来说道："此鬼不过其貌不扬，别无不好。"阎君也叫浸在曲泉。又带过一鬼。钟馗道："这是觑烟吃的鬼，他专好吃烟，绝无烟具，逢人即要烟吃。逐日在烟铺外蹲踞。"阎君道："这是小事，吩咐掌嘴。"站班的皂隶过来了两个，把他打了二十个嘴巴。觑烟鬼遂制买了烟袋，烟荷包，买了好烟，到处还席去了。又带过了腌臜鬼来，却与邋遢鬼不同，浑身上下都是猪狗尿屎。那张脸自从他娘给他洗过三朝之后，至今从没见过水。手是更不消说了，臭鱼烂虾，人人弃之如遗，他却亲之如蜜。甚至与猪狗同器而食，恬不为怪，然而却无心病。阎君命曲泉鬼给他内外收拾干净。曲泉鬼领命，把他衣服剥去，放在一条剥人凳上，用个竹炊帚，上下刷了五六水，又叫他喝了口水。把炊帚给他舒在嘴内，刷洗一番，又叫他多饮泉水，给他刷洗肠子，他却哭叫的不肯。曲泉鬼用麻绳将他捆在凳上，口内塞上一个接口，如杀猪使水的相似，灌了六七桶水，下边尿屎交流。又将肚腹给他揉了一回，然后将他放起，给他两件干净衣服穿了。遂变成了一个假清客。也养花草，也贴字画，也会吹笛唱崑曲，拿着白面扇子，逐日摇摇摆摆，居然像个斯文模样了。又带过噍荡鬼来，钟馗道："这鬼嘴虽不好，却抄杀无二鬼的家口有功。"阎君吩咐把嘴给他治好。曲泉鬼叫他喝了一口水，他嘴里喷出来了许多的粪来。曲泉鬼给他刷洗干净，他说话再不噍荡了。就是还有点子好嘬文。曲泉鬼用钩子从泉内搭出死鬼来，变成了一个一时不闲的活鬼。瞎鬼变成了一个夜辨五色的精明鬼。寒碜鬼平头正脸，邋遢鬼变成了一个干净鬼。

　　重赏了大头鬼四个，阎君率领钟馗并神荼、郁垒来到南天门上，先见了南极仙翁，禀明此事。仙翁带领到昊天金阙，正值玉帝登殿，金童对对执幡幢，玉女双双捧如意。瑞云缭绕，祥光氤氲[1]。玉帝问当驾官：有奏章者出班，无事散朝。言未毕，只见一人俯伏金阶，高擎牙笏，口称臣五殿阎罗，有本奉闻，落第进士钟馗，臣见他为人正直，命他斩鬼除害。他率领门徒神荼、郁垒，半年之间，按册斩尽杀绝。实属有功于百姓，理合奏闻，恳恩论功封赏，睿鉴[2]施行！遂将鬼录呈上。玉帝铺在龙案上，看了一会。旨下宣钟馗带神荼、郁垒见驾。钟馗在前，神荼、郁垒随后，跪在丹墀之下。山呼已毕，玉帝前后问了一遍，钟馗对答如流，又见神荼、郁垒，相貌非凡，龙心大悦，旨

---

[1] 氤氲：气或光色混合动荡的样子。
[2] 睿鉴：御览；圣鉴。

下钟馗斩鬼有功,封为翊[1]正除邪驱魔雷霆帝君。神荼、郁垒从师平鬼,甚属可嘉,封为巡行天下驱魔使者左右门神将军。三人叩头谢恩,到殿下,又与众星官都相见了。阎君领回森罗殿,留住三日,然后临凡,各赴任所去了。至今元旦令节,家家画钟馗神像,目睹蝙蝠,手持宝剑,悬挂中堂,户户写神荼、郁垒名字,供奉大门,自此鬼魔消除,四海永清,万民安乐,共庆太平,千万斯年矣。

---

[1] 翊:辅助。